Espérame otro invierno

Todavía no es el final

Sheina Lee Leoni

Mayo 2022

Aquel extraño día

1

Aquel extraño día,
me amaste, yo te amé,
el verano volvía,
audaz en nuestra piel…

Prólogo

El Doctor Mauricio Elbam leía atentamente los
resultados de los análisis clínicos de su paciente
Charles Soler y fruncía el ceño una y otra vez.
Los rayos del tibio sol otoñal entraban
tímidamente por el amplio ventanal del
despacho médico, ubicado en el segundo piso
del Hospital Británico de Montevideo.
Un poco más lejos, se escuchaban el motor y
las bocinas de los vehículos que iban de un lado
a otro de Avenida Italia, una de las principales
arterias de la capital de Uruguay.

-Te advertí que debías cuidarte. Luego de aquella terrible hepatitis que tuviste a los trece años tu hígado no quedó bien. Pero estaba controlado-resopló Elbam jugando con sus lentes. Posteriormente vino el consumo de alcohol y drogas, y todo volvió atrás. Ya sé lo que vas a decirme…el accidente automovilístico que causó la muerte a tu madre cuando aún no habías llegado a la mayoría de edad hizo estragos en tu vida.

-Sabemos que no fue un accidente, aunque la abuela quiera creerlo-susurró Charles. Y también sabes que es verdad. Pese a todo, mi madre era mi sostén, mi todo. Al morir tuve que mudarme con la abuela, casi una extraña, pensando que nunca había perdonado a su hija por haber quedado embarazada soltera.

-Y te encontraste con otra realidad. Daniela no solo te adoraba, sino que había escrito innumerables cartas a su hija para que regresara a vivir con ella. Eso sin contar las importantes sumas de dinero que había enviado para tu manutención sin que tú lo supieras. Quizá al principio le chocó el hecho, tenía grandes planes para Magda, su única hija. Pero luego, solo quería conocerte. Me lo repetía cada vez que venía a consulta.

-Así es. ¡Tantos años odiándola injustamente!- sollozó Charles. ¡Creí enloquecer al enterarme de la verdad!

-He sido médico de tu familia por años. Los atendí a casi todos desde que practicaba medicina general y siempre supe que tu mamá tenía problemas de bipolaridad .Por eso tu abuela quería llevarlos con ella, necesitaba protegerlos. Tu abuelo se lo pidió especialmente antes de morir, aunque hacía años que ella lo estaba intentando. Pero la pobre Magda, tenía la idea que la mujer quería internarla en un loquero para quedarse contigo. De nada valía explicarle que estaba equivocada, su enfermedad le impedía ver la realidad.

-Tengo medio de haber heredado su afección- confesó el joven de veintitrés años por primera vez. Como tú mismo mencionaste, mi comportamiento ha sido terrible en los últimos años.

-No parece, los especialistas que te vieron dijeron que solamente tenías una depresión aguda por lo ocurrido con tu mamá. Y tu abuela pagó los mejores médicos y centros para que te atendieran por tus "problemas"

-Y lo lograron. Hace cinco años dejé la droga y solo bebo a veces, en ocasiones especiales.
-Pues no debes beber ni una gota-rezongó el médico golpeando la mesa con un puño. No solo hace mal a tu pobre hígado, sino que puedes recaer. Creí que lo habías entendido.
-Perdona, lo dejaré totalmente .De cualquier forma, en cinco años jamás volví a emborracharme.
-Es un segundo y ¡paf! , otra vez. Debes tener conducta-insistió Elbam.
-Te prometo que no volverá a pasar. ¡Quiero vivir!-exclamó el joven.
-Excelente, entonces atiende bien: Intensificaremos el nuevo tratamiento y estaré atento a cómo funciona. DEBES tomar todos los medicamentos que te doy en la hora precisa. No alcohol, no picantes…Si en cuatro meses no mejoras tendremos que pensar en el plan B-confesó el Doctor leyendo nuevamente el resultado de la ecografía.
-¿A qué te refieres?

-Un trasplante-confesó Mauricio. Es más, pienso que lo mejor sería ponerte hoy mismo en la lista de espera. No es fácil conseguir un donante de hígado. Y tu abuela es demasiado mayor para hacerlo. A los setenta y cinco años no es recomendable.

-O sea que si no mejoro y no hay donante....mi vida podría ser muy corta.

-Seamos optimistas. Sigue el tratamiento al pie del cañón y regresa en un mes.

-De acuerdo. Solo una cosa.

-Dime-asintió el médico disimulando a la tristeza que sentía.

-No le comentes nada a la abuela. Ella está convencida de que sufro de ataques al hígado sin importancia.

-Los médicos debemos respetar la voluntad del paciente, así que quédate tranquilo. Pero Daniela es muy inteligente .No en vano fue por casi cuarenta años la Directora de uno de los periódicos más importantes del país.

-Del cual yo seré expulsado si no logró mejorar mi producción. Y ahora que recuerdo tengo una cita con mi editor en…menos de una hora.

-Vete entonces, no lo hagas esperar. Tengamos fe en la ciencia. *"Y en Dios, sería necesario un milagro para que mi querido amigo lograra vivir hasta fin de año"*-reflexionó Elbam observando correr a Charles hasta su vehículo.

las horas transcurrían,

volando cual papel,

movidas por la brisa,

de aquel atardecer,

<u>Capítulo I</u>

Charles entró al Diario Impulso Matutino, donde trabajaba desde hacía cuatro años y se dirigió rápidamente al ascensor que lo llevaría a su despacho ubicado en el tercer piso.

Atrás habían quedado las antiguas jornadas en las cuales subía casi trotando para mantener el peso.

-Como tantas cosas que quedaron o quedará atrás-suspiró con nostalgia acomodándose entre las otras persona que subían juntó a él.

-Charles, el "Capo máximo" está preguntando por ti -le advirtió una compañera.

-Recién acabo de llegar. Y diez minutos antes de mi horario -suspiró mirando su reloj pulsera regalo de su abuela.

-Estás avisado, y ten cuidado, no está de muy buen humor.

-Será mejor que vaya directamente para allá-asintió. Gracias, Bella-acotó dirigiéndose a su colega.

Minutos después se detuvo ante la oficina del Director del Periódico, y tras exhalar una bocanada de aire, golpeó con suavidad la puerta. Inmediatamente, la voz del hombre retumbó haciendo temblar a casi todos los cristales del piso.

-Adelante. Tengo pocos minutos-exclamó sin titubear.

-Buenos días, Señor Pérez .Escuché que me precisaba-carraspeó Charles.

-Charles -saludó el hombre con una sonrisa de oreja a oreja. Pasa y toma asiento. Necesitamos conversar.

-*"Demasiada amabilidad, esto no pinta bien"*- pensó el joven mientras se acomodaba frente a su jefe.

-En primer lugar quisiera preguntarte por tu salud, sé que estuviste varios días enfermo. Llamé a tu casa y hablé con Daniela, me comentó que estabas con un problema hepático sin relevancia.

-Así fue, pero ya estoy repuesto-sonrió este con seguridad. *"No comprendo porque la abuela no me comentó acerca de la llamada de Pérez"*
-Bien, Me alegra escucharte. En realidad te llamaba porque necesitaba conversar un poco sobre tu desempeño laboral.
-Alberto, yo-intentó expresar Charles deteniéndose por la interrupción del hombre..
-Déjame terminar. Has estado trabajando cuatro años con nosotros como fotógrafo y periodista externo. Pero hace mucho tiempo que no nos traes algo de interés, una nota que haga vibrar a nuestros lectores. Algo mágico, que justifique tu pertenencia a nuestro gran periódico. Tal como lo hiciste en tus primeros años.
-Es verdad, pero pensaré en algún tema especial, una historia que deslumbre a nuestros lectores. ¡Ya mismo comenzaré a investigar!

-Me gusta tu entusiasmo, veo que has comprendido mi punto. Seré claro: Necesitas tener éxito para conservar tu puesto, uno de los dueños del periódico no está conforme contigo y pide tu cabeza. Solo la amistad que aun mantenemos con tu abuela ha impedido que te despida. Pero muy pronto entrará en funciones su hijo, ¿qué sucederá entonces?

-Comprendo. Solo dígale que tendrá lo que desea en muy poco tiempo. Antes que este mes finalice presentaré un exitoso proyecto.

-Charles, estamos a diez de mayo. Faltan veinte días para termina el mes, precisamos tu trabajo mucho antes que esa fecha. Yo diría esta semana.

-¿Esta semana?-palideció Charles. Hoy es martes, no sé si me dará el tiempo. Por favor, convénzale de que me otorgue un poco más de tiempo.

-Imaginé que sería muy pronto y durante tu enfermedad estuve pensando en el asunto. Se me ocurrió una idea.

-Dígame-asintió un ilusionado Charles.

-El próximo viernes dará una conferencia en el Hotel Cervantes el magnate informático Román Guido. Pienso que podrías cubrirla, y darle un aire diferente, que logre despertar la curiosidad de nuestros lectores.

-Con gusto, no creo que sea tan difícil. En cuanto llegue a mi oficina llamaré al empresario y le pediré una cita.

-Allí está el problema, no recibe periodistas. Ni siquiera atiende el teléfono. Sus empleados lo hacen por él.

-Pero debe trabajar en algún sitio, averiguaré donde se ubica y lo sorprenderé. Tiene que haber alguna forma.

-En realidad, no se sabe desde donde opera. Algunos dicen que desde su casa, otros en algún despacho secreto, hasta han sugerido diferentes bares. Pero hasta ahora, no hay nada concreto.

-Vaya que me la ha puesto difícil-titubeó un pensativo Charles.

-Te lo dije, no sería nada fácil.

-Bien, agotaré todos mis recursos-asintió el periodista.

-Es más que eso, debe lograrlo si pretendes seguir trabajando con nosotros. Como te comenté al principio de la charla, necesitas lucirte.

-Entendido. O lo logro o me despido del Diario.

-Exacto. Pero todavía hay algo más.

-Una sorpresa tras otra- musitó Charles frunciendo la nariz.

-El Director pidió que cambies totalmente el sentido de tu columna semanal.Tus lectores ya no te siguen, has perdido el "feeling" que tenías con ellos. Te confieso que tuve que discutir mucho con él para que no se la diera a otra persona, le expliqué que todos perdemos inspiración el algún momento.

-Gracias, Señor. Esas notas son muy importantes para mí.

-Lo sé, por eso le rogué que te diera una oportunidad. Confío en que lo conseguirás.

-Así será. Ya mismo comenzaré a pensar en mi historia y el viernes conseguiré esa entrevista como sea.

-¡Eso quería escuchar! –asintió Alberto golpeando satisfecho las palmas. Y ahora debo dejarte, en quince minutos tengo una reunión con otros jerarcas.

-Y yo mucho trabajo que hacer-asintió Charles poniéndose de pie para marcharse.

-En cuanto se te ocurra un argumento interesante me lo muestras, así calmo al Director General.

-Señor Pérez-susurró Charles deteniéndose en la puerta de la oficina.

-Si. ¿Te quedó alguna duda?

-No.Únicamente quería darle las gracias por apoyarme. Este empleo significa mucho en mi vida.

-Sé que así es. Y estoy seguro de que no me defraudarás -sonrió el hombre palmeando la espalda de su empleado. Quedo a la espera. Charles entró a su oficina y se sentó frente a la mesa de trabajo.

-Nuevas ideas, pero ¿sobre qué mierda puedo escribir?-susurró apoyando su frente sobre el escritorio. Todavía que debo lidiar con mi enfermedad…este balde de agua fría .La entrevista a un empresario snob, y una nota mágica. Y como no podía ser de otra manera, para ahora. Tomaré mi remedio, tantos nervios me han hecho sentir mal. ¡Ni siquiera puedo fumarme un pucho para tranquilizarme! Se me acaba de ocurrir una idea, ¿qué tal si escribo una nota sobre mi propia vida? A la gente le encanta el morbo, creo que la historia de un joven de veintitrés años que no sabe si llegará al final del invierno los enloquecerá! Y tal vez sea mi último trabajo-suspiró con tristeza. Pensemos un título-—exclamó abriendo su computadora.

-Charles, ¿quieres algo de comer? Saldremos a buscar unos bizcochos –interrumpió Marisa, la secretaria principal de Pérez.

-No, muchas gracias. Ya desayuné.

-Hasta luego entonces-se marchó la joven.

-Continuemos: Ttítulo.Mi último trabajo. No, es muy drástico. La oportunidad final. Horrible. ¡Ya sé! "Espérame otro invierno" ¡Así se llamará!- gritó poniéndose a escribir de inmediato.

"Queridos lectores –comenzó. No, eso es muy impersonal, queda mejor "Queridos amigos"- decidió.

"Queridos amigos:

Mi nombre es Mark Cases tengo veinticinco años, y solicité este espacio al Diario porque sentí la necesidad de contar mi historia. En primer lugar, agradezco al Periódico Impulso Matutino por haber accedido a mi publicación lo que demuestra con claridad la empatía que tiene la Empresa respecto a sus lectores.

Supongo ustedes se preguntarán, por qué no hablo con amigos, o familiares respecto a mi vida. Sencillamente, moriré muy pronto y no quiero comprobar la lástima reflejada en sus rostros cada vez que me vean.

Soy portador de una insuficiencia hepática aparentemente irreversible, que casi con seguridad, no me permitirá terminar el invierno.

Pero me niego a este cruel destino, y como medida paliativa, estoy realizando un tratamiento muy importante, dejando como última opción un trasplante de hígado...

Soy consciente de que dicho procedimiento requeriría un tiempo del cual carezco, hay muchas personas en lista de espera, y además, tenemos que ser compatibles con el donante. Por ese motivo, me siento muy triste, pues no viviré lo suficiente para concretar mis sueños, mis proyectos, seguramente no lograré amar y ser amado que es lo que desea todo ser humano.

Entonces, ¿sería mucha molestia pedirles, suplicarles que me acompañen en mi último trayecto y si es posible, enviar mails de apoyo al periódico para demostrarme que no me encuentro solo en esta situación? Estoy en busca de un milagro, y quizá, ustedes lo sean. Muchas gracias por leerme.

PD: Si dejan su correo, recibirán mi respuesta.

Su amigo, Mark"

-ESTUPENDO-exclamó Pérez cuando finalizó de leer la nota horas más tarde. Sin duda, es mucho más de lo que esperaba, nuestro Director quedará fascinado.

Es conmovedora, tierna, todo lo que te pedí y más. Ya mismo se la envío y con seguridad el próximo sábado sale en tu columna. Te has lucido.

-Gracias, ahora me voy a casa. Debo pensar como conectarme con nuestro "empresario estrella"

-Excelente. Después de leer esto, estoy seguro de que se te ocurrirá la forma. Lamento haber dudado de ti.

-No te culpo, mi trabajo no fue demasiado bueno los últimos meses .Bueno, hasta mañana, jefe.

 -Un minuto, tengo curiosidad por hacerte una pregunta personal. Claro, me la respondes si puedes.

-Hazla-asintió Charles.

-Este joven, Mark, ¿existe? ¿Tiene algo que ver contigo?

-¿Tú que crees?-preguntó el periodista mirándolo con un dejo de melancolía en sus ojos...

 -Lo siento mucho, Charles--asintió con tristeza. No sabía que tu enfermedad era tan grave.

 -Yo más. Confió en tu silencio-susurró marchándose.

  -Puedes estar seguro de que no diré una palabra-exclamó Alberto con énfasis.

Charles estacionó su vehículo y se dirigió directamente a la moderna casa que compartía con su abuela.

-Querido, ¿qué te dijo el médico?-preguntó esta al verlo entrar.

-Debo cuidarme. Tengo un problema hepático que mejorará con el tratamiento que comencé. Nada de qué preocuparme.

-¿No me mientes?-insistió esta.

-Abuela, por favor. Estaremos juntos mucho tiempo más. Y ahora debo dejarte, tengo trabajo que hacer. Subo a mi despacho.

-Muy bien, cariño.

-Ah, Olvidaste avisarme que llamó Pérez.

-Ese tonto. Estabas enfermo, no quería
preocuparte con sus estupideces.
-Me mimas demasiado, abuela. ¡Pronto cumpliré
veinticuatro años!
-Eres lo único que me queda, no puedo
arriesgarme a perderte. ¡Y quiero recuperar los
años que estuvimos separados!
-Eres adorable, abuela.
-Ya deja de adularme, te aviso para la cena.
-Por supuesto, ¡Tengo un hambre voraz!-grito
Charles subiendo al piso superior donde tenía
su escritorio personal.
-Presiento que me oculta alguna cosa, ¿pero
qué puede ser?-susurró la mujer mordiéndose
los labios.

.

y la pasión bravía,
que no quería ceder;
pensé que te quería
y me dejé querer.

<u>Capítulo II</u>

Charles tomó su máquina de fotos profesional y salió rápidamente para el Hotel Cervantes. Hacía varios días que no tenía ningún altibajo en su salud, lo que le había permitido preparar sin interrupciones su posible entrevista, siempre y cuando el hombre accediera a concedérsela.

-Debo lograrlo o me sacarán del periódico. Pérez fue muy claro en esto, no hay otra oportunidad para mí. Así que…todo vale esta tarde.

Dejando su vehículo en el estacionamiento del Hotel, corrió hacia el salón donde en quince minutos comenzaría la conferencia de prensa, y tras mostrar su carnet de reportero, siguió viaje para ubicarse detrás de una alejada columna.

-Señor, disculpe, no firmó la entrada-se acercó un simpática joven.

-No me avisaron-se justificó Charles.

-Es que ingresó muy rápido .Por favor, si me acompaña.

-Claro, no hay problema –asintió.

-Por aquí-lo guío la atractiva mujer.

-Listo-sonrió una vez dejó su firma estampada en la hoja.

-Esperamos disfrute la conferencia-exclamó la misma joven sin recibir respuesta.

-Al tipo no le gustan las fotos, pero estoy seguro de que aquí atrás no me verá. Estoy casi en la salida, por suerte esta máquina de última generación que traje en mi último viaje de Nueva York me permite sacar estupenda fotos a varios kilómetros de distancia Bien, parece que ya va comenzar.

A la hora en punto, la luces se atenuaron y un presentador apareció en escena, anunciando la próxima entrada del esperado magnate Román Guido.

-Buenas noches, gracias por venir... El Señor Guido dará una conferencia de una hora, y luego responderá las preguntas de los presentes por aproximadamente media hora más. En cuanto termine, cada uno de ustedes recibirá un sobre con varias fotos del empresario, ya que está prohibido encender sus máquinas durante el conversatorio. Cuando ustedes firmaron en la entrada acordaron cumplir con estas normas. Y quienes no respeten alguna de estas reglas serán automáticamente expulsados del salón ¿Alguna pregunta?

"Este tal Román debe ser un gánster"-susurró Charles ganándose la antipática mirada de una periodista parada un poco más adelante.

-Señor-murmuró la mujer sin dejar de mirarlo.

-Entendí-respondió este levantando los hombros.

Luego de lo que a Charles le pareció un interminable silencio, el animador sonrió y anunció a toda voz.

-Con ustedes, el Señor Román Guido, principal accionista de "Enterprise Soluciones Informáticas" ¡Pido un fuerte aplauso para recibirlo!

-Por ahora nada fuera de lo común-refunfuñó Charles. Veremos cómo se da esta charla. No recuerdo haber leído acerca de él, seguro será un señor de mediana edad, gordito y calvo.Ah, y con anteojos-sonrió aprontando a escondidas su cámara. Pero, ¡Por Dios!-exclamó al observar al elegante hombre que se paraba frente al público conquistando con su carisma rápidamente a los presentes…

-Buenas tardes, o más bien buenas noches -sonrió corriéndose su oscuro cabello matizado de hebras plateadas. Gracia por venir a mi conferencia. Ya han sido informados por mi secretarios acerca de cómo se desarrollará esta jornada, así que ¡comencemos! El tiempo es oro-exclamó sin quitar la vista de un emocionado público.

-El tipo es espectacular, pero se nota que no le interesa dar ninguna charla, seguro sus representantes se lo exigieron. Todo planificado, nada fuera de lugar. Pues lo lamento, Darling, te llevarás una sorpresa. El Gran Charles está aquí y te llevará a la fama-sonrió dirigiendo su pequeña y potente cámara hacia el disertante. Detrás de aquella cortina tendré mejor visión-reflexionó pensando como esquivar a los numerosos guardias que caminaban por el salón.

Había logado sacar unas pocas fotos, cuando sintió que le golpeaban el hombro.

-¿Sí?-preguntó inocentemente al observar a uno de los hombres que controlaban el lugar.

-Buena noches, Soy Marcel Pintos, Jefe de seguridad del Señor Guido. Le ruego que me entregue su cámara hasta que termine la conferencia. No me gustaría ponerlo de patitas en la calle .Fuimos bien claro al respecto.

-Por supuesto que no se la daré. Es mi instrumento de trabajo, y por cierto muy costoso, jamás la entregaría.

-Por favor, no me obligue a quitársela a la fuerza. Si mañana apareciera alguna foto no autorizada por el Señor Guido, usted sería acusado de violación de la intimidad y tendría que pagar una gran suma de dinero No le gustaría eso ¿verdad?

-Diré que llegué tarde y no estaba enterado –exclamó desafiando al tipo.

-Usted firmó un documento en cuanto ingresó a la sala, y a un costado estaba escrito que estaba de acuerdo con las normas establecidas. Además, el Señor Guido lo reiteró varias veces. Ahora, ¿me dar la cámara o se retira de la sala? Usted elige.

-¡No lo haré!-gritó Charles ignorando el enojado murmullo de los reporteros que estaban cerca. Y si me la saca, yo lo demandaré a usted por apropiación indebida.

-Como guste. Lo señores lo acompañarán hasta la salida-sonrió Pintos haciendo un gesto a dos colosos que parecían esperar ser llamados por su jefe.

-Solo me iré si me sacan a la fuerza-gruñó Charles.

-Por favor, Señor. No haga esto más difícil-reiteró Pintos comprobando que ahora prácticamente todo el auditorio los miraba. Sus colegas quieren escuchar. .

-Lo siento-insistió Charles cruzándose de brazos sin soltar a la máquina. Preciso esas fotos.

-Sáquenlo —ordenó el guardia dándole la espalda. Parece que no entiende acerca de buenos modales.

-¡Suéltenme, bestias!- brotó la voz de Charles acompañado de un fuerte golpe, como si algo habéis caído al suelo. ¡Mi cámara! -gimió el periodista. Por su culpa, quedo hecha trizas.

-¿Que está sucediendo allí abajo?-preguntó Román a Carlos Gómez, su Secretario. ¡No puedo continuar en medio de este escándalo!

-Pues dígaselo a los inservibles de sus hombres-vociferó Charles caminando hacia el escenario. ¡Rompieron mi cámara!

-¿De dónde salió este loco?-preguntó entrecerrando los ojos para ver mejor al joven. ¡Enciendan todas las luces!

-No lo sé-confesó Carlos. Supongo que formaría parte del público.

-Este reportero ignoró las normas desde el principio. Y no quiso entregarnos la máquina de fotos cuando se lo solicitamos-gritó un enfurecido Marcel.

-¿Podría decirme su nombre y a que periódico pertenece?-preguntó Román con seriedad al observar al iracundo Charles que parecía no inmutarse por el enojo de su guardia.

-Soy Charles Soler y pertenezco a Impulso Matutino-rezongó el joven sin quitar a la mirada de su interlocutor.

-¿Y reconoce que estaba incumpliendo las reglas?

 -Solo saqué unas fotitos-tartamudeó enrojeciendo.

-Le aclaro que únicamente podrá publicar las fotos autorizadas, o tanto usted como su Diario recibirán a mis abogados, ¿comprendió?

-Sí-titubeó bajando la mirada.

-Olvidemos el incidente y continuemos. Que se quede un guardia al lado de este tipo vigilándolo-susurró a su Secretario.

-Bien,Señor-afirmó este llamando a otro guardia de seguridad. Por supuesto, habrá una hora más de charla para compensarlos-sonrió Román a los presentes aflojándose la corbata que parecía ahogarlo...

-Un momento, por culpa de sus hombres se me acaba de romper una cámara carísima, ¿me pediría decir quien me devolverá el importe? Es mi instrumento de trabajo.

Román se detuvo, y giró nuevamente su cuerpo, observado al rebelde joven como si lo viera por primera vez. Conteniendo una leve sonrisa, llamo nuevamente a Carlos y le dijo unas breves palabras al oído.

-Pero, Román -protestó este.

-No discutas, por favor. Así podemos terminar con esta loca conferencia de una vez por todas.

-Como digas -asintió a regañadientes regresando al lado de Charles.

-Buenas noches. Soy Carlos Gómez, Secretario del Señor Guido .Mi jefe lo recibirá en su habitación cuando termine la conferencia y le dará el dinero de su famosa cámara. A cambio, usted lo dejará terminar su exposición sin más interrupciones-ordenó el hombre.

-Mucha gracias- Vaya, esto salió mejor de lo que pensaba -sonrió un satisfecho Charles retomando su atención al disertante *"Ahora comprendo porque tiene tantos seguidores, sabe cómo resolver una engorrosa situación sin titubear"*

El salón pareció explotar por los aplausos cuando la conferencia finalizó .Casi enseguida, Gómez agradeció la atención de los presentes y anunció la rueda de preguntas.

-Deben ser concretos. Recuerden que el Señor Guido concederá solo media hora. En cuanto dijo su última palabra, varios brazos se levantaron a la vez para comenzar la ronda de preguntas señalada.

-Tengo que estar atento, seguro estos se harán los distraídos e intentarán olvidar su promesa de recibirme. Pero no lo permitiré. Mi trabajo está en juego, y es lo único que me estimula a seguir mi tratamiento. Sin contar a la abuela, claro- reconoció con tristeza.

-Señor, debe retirarse –se acercó una limpiadora en cuando el recinto quedó completamente vacío.

-Irá conmigo-escuchó que alguien decía antes de que alcanzara a responder.

-Ya escuchó-sonrió Charles, el mismísimo secretario del conferencista vino por mí.

-Disculpe, Señor. Es que en una hora el salón deberá quedar listo. Mañana tenemos otras actividades-se disculpó la mujer.

-Por supuesto, lamento haberme demorado. Es que estaba ocupado. ¿Está listo? -preguntó a Charles manifestado indiferencia.

-Desde hace rato-respondió. Pensé que me habían olvidado.

-Imposible-murmuró Gómez rodando los ojos.

Carlos abrió la puerta del despacho de Román e indicó al muchacho que entrara.

-Tome asiento. El Señor Guido vendrá en seguida.

-Gracias-obedeció Charles.

Comprendiendo que estaba solo, comenzó a husmear por el lugar admirando los numerosos cuadros que lucían empotrados en las paredes.

-Uauuuuu-silbó al observar el fino bar ubicado en un lejano rincón. El Señor Guido se castiga bien.

-Así es. Y elija lo que desee sin timidez. Aunque creo, que timidez es lo que no tiene.

-Señor Guido. Disculpe mi atrevimiento, estaba recorriendo su lugar. Y gracias, no bebo.

-Extraño, estaba seguro de que los periodistas eran amigos de los buenos tragos.

-No todos, Señor. *"Especialmente cuando espera un trasplante de hígado"*-pensó silenciosamente.

-Como quiera –comentó Román observando al hombre en silencio. Tome asiento y terminemos con esto. ¿Cuánto le salió esa máquina? Le haré un cheque.

-*"Tiene profundas ojeras, y cuando habla se le forman arrugas en la comisura de los labios. Como si estuviera muy cansado"*-reflexionó.

-Señor… perdone que no recuerde su nombre ¿prefiere que yo ponga la suma?

-Charles Soler. Y disculpe, me distraje. En realidad no deseo su dinero. Solo quería conocer al famoso magnate en su intimidad. Para escribir algo original sobre él-confesó. Mi jefe me dio el ultimátum, o traigo algo fuera de lo común, o me pone de patitas en la calle. Y creo que el tiempo concedido fue suficiente. Gracias, Señor Guido. La cámara tiene seguro, estamos a mano.

-Espere-exclamó el hombre. Estuvo aquí solo unos minutos, ¿Qué descubrió en tan poco tiempo?-sonrió sarcástico.

-Vi un hombre solitario y cansado, con una imagen diferente a la que muestra públicamente. Sin duda, el éxito no siempre viene de la mano de la felicidad...

-Me asombra la conclusión que sacó en menos de media hora. Ya que no aceptó mi dinero, quisiera invitarlo a cenar. Le daré una nota exclusiva y algunas fotos-agregó Román sorprendiéndose de su invitación.

-¿Lo dices en serio?-exclamó Charles sintiendo que el corazón amenazaba con saltar del pecho.

-Nunca hago invitaciones que no cumpliré-asintió.

- ¡Claro que acepto!-aplaudió el entusiasmado joven. ¿Qué idiota rechazará semejante oportunidad?

-Pero con una condición –advirtió Román sintiendo una extraña sensación en su corazón.

-Imaginé que no podía ser cierto-suspiró Charles elevado sol brazos al cielo.

-Yo decidiré lo que va y lo que no en su nota.

-Está bien, sea como sea, estoy seguro de que valdrá la pena. ¿Cuándo iremos?-preguntó el periodista.

 -Ahora mismo, si puedes.
-No tengo nada más provechoso que hacer.
- Le avisaré a mi secretario y salimos de inmediato. ¿Tienes algún lugar especial? Medio alejado, para que í no me reconozcan.
-Creo que conozco el sitio especial. Lo de Harry- aplaudió.
-¿Dónde queda eso?
 -Es un pequeño boliche muy familiar en el Puertito del Buceo. Hace muchos años que voy allí, es como mi segunda casa.
 -Me gusta a la idea-respondió. Dame un minuto.
-Tengo toda la noche. Avisaré a mi abuela- asintió sacando su celular.
 Román sonrió y salió en busca de su secretario.
-Carlos, me alegra encontrarte. Quería aviste que saldré a cenar, así que no me esperes.
-Pensé que habías dejado con Julio-comentó confuso.

-Saldré con Charles, me llevará al puertito del Buceo a comer mariscos. Quizá no regrese hasta medio día. El joven es más interesante de que parece a primera vista. De cualquier forma, ya tenemos todo listo para el viaje a Italia.

-¿Pero no es el periodista que acabas de conocer? --preguntó Carlos levantando los ojos.

-Así es. Resultó un hombre encantador. ¡Ni siquiera quiso mi dinero!

-Como digas, jefe-asintió este percibiendo el profundo entusiasmo en la voz de Román...

"Hace mucho no lo veo tan contento. Por las dudas, investigaré más a este tipo, puede ser un vividor"

Daniela salió del baño y escuchó el mensaje de su nieto.

-Vaya, hacía tiempo que no salía con nadie-sonrió. Lo llamaré y le diré que no se apure en regresar, que disfrute. Y de paso revisaré su escritorio para ver si tiene los resultados de los últimos análisis .Sé que no debo, pero presiento que hay algo misteriosos en su salud.

La mujer entró en la habitación y comenzó a revisar los cajones del escritorio hasta que encontró un sobre con el nombre del Doctor Elbam.

-Tengo miedo de lo que puedo encontrar ,pero debo saberlo. Quizá sea solo mi imaginación- suspiró sacando la doblada hoja. ¡Lo sabía!- gimió con desesperación. ¡Mi pobre nieto! Mañana mismo iré a ver a Mauricio, quizá este vieja pero fuerte mujer pueda ser de utilidad. Aunque con mi diabetes e hipertensión lo veo difícil. Pero sería demasiado cruel perder también a mi nieto, no lo soportaría-rompió Daniela en llanto mientras guardaba el sobre en el mismo sitio en que lo había hallado.

.

Y hoy sigo por la vida,

pensando en el ayer,

yo no te conocía,

más te anhelé otra vez,

Capítulo III

Charles conducía su automóvil pensando en lo
extraña que era la vida. Jamás hubiera
imaginado que su jornada terminaría con el
Gurú de la informática en el asiento de
acompañantes.

-¿En qué piensas?-preguntó este. No has dicho
una palabra desde que dejamos el Hotel.

-En lo misterioso que puede ser el destino. Hace
menos de dos días no sabía nada sobre ti.

-Es verdad. Hay que disfrutar el momento, el
mañana no se sabe-comentó este mirando por
la ventanilla hacia la calle.

-¿Cree que tu auto estará seguro en el
estacionamiento del Hotel?-preguntó el joven
cambiando de tema. Parece ser un modelo muy
costoso.

-Sí, es un BMW, siempre quise tener uno desde que era pequeño. Cuando hice algo de dinero, enseguida lo adquirí.

-Hiciste bien, los gustos son para cumplirlos en vida. Me refería a que te lo podían robar.

-Ya me conocen muy bien, tengo un despacho aquí alquilado en forma permanente. Y siempre puedo pedirle a un empleado que me lo alcance a casa. Tu auto también está muy bueno.

-Gracias. Es un Mercedes-Benz. No de los más modernos pero…de buena calidad.

-Lo que importa es que te sientas cómodo manejando. Y tiene un andar maravilloso, parece que flotáramos por las calles -acotó Román.

-Eres muy amable. Y ya falta poco para llegar- indicó tomando la Avenida Luis Alberto de Herrera, otra de las arterias más concurridas de Montevideo. Allí se ve nuestro lugar-señaló la vistosa bahía en la costa montevideana conocida como "Puertito del Buceo"

-Un paisaje maravilloso-sonrió Román observando satisfecho las mágicas luces que ofrecían las ventanas de los altos edificios y de las oficinas comerciales que pululaban en esa zona. A escasos metros, cientos de veleros descansaban tranquilamente sobre el agua, dotando al barrio de una magia muy particular.

-Me alero que te guste-asintió Charles.

-Así es. Pero debo reconocer, que pensé que me llevarías a un sitio tan loco como tú, conozco estos lugares-comentó Román observando los aristocráticos restaurantes dispersos por la zona.

-Y cumpliré mi promesa-.El local de Harry es único, ten paciencia- admitió un el joven incursionando por unas oscuras callecitas solamente iluminadas por el resplandor de la luna. Allí es-musitó señalando una antigua construcción a varias cuadras de la calle principal.

-Vaya, realmente nunca lo había visto – reconoció el hombre. ¿Cómo llegaste hasta aquí?

-Al igual que estoy haciendo contigo, me trajo un amigo hace unos años, y me convertí en uno de sus clientes más persistentes. Aunque todo el que llega una vez sigue concurriendo. El boliche de Harry crea adicción -carcajeó deteniendo el coche frente a lo que parecía ser la puerta de entrada. Sígueme-acotó enseguida.

Román obedeció silenciosamente, y no pudo evitar sorprenderse al observar el decorado el lugar. Diferentes tipos de peces embalsamados, insertados en las paredes junto fotos de pescadores de un color amarillento, indicando el pasar del tiempo.

Un tenue brillo inundaba el local, el cual resultó mucho más grande de lo parecía desde la calle.

-Charles-gritó un hombre mayor parado detrás de la barra. ¡Te extrañaba, pensé que me habías abandonado!

-Nunca lo haría-respondió el joven estriándose lo suficiente para abrazar a su amigo. Estuve con mis "nanas"-susurró en voz bien baja. Pero tienes mi número, podías haberme llamado.

-Estuve por hacerlo, pero no quise molestarte
.Sabes que eres un cliente muy querido para
todos aquí. Yo diría más que un cliente, un
amigo.

-También eres muy especial para mí. ¡Me
encanta conversar contigo!-agregó Charles
golpeándole cariñosamente un hombro.

-Lo tomo como un cumplido y te perseguiré
como una garrapata cuando pasen varios días y
no nos visites. Me alegra verte-sonrió saliendo
del sitio para saludar a su amigo. Veo que
vienes acompañado.

-Oh, perdona. Te presento a Román Guido.

 -Buena noches, Señor.Bienvenido.Si es amigo
de nuestro Charles, es amigo de la casa. –
sonrió sin dar ninguna pista de que sabía quién
era el hombre.

-Gracias. Charles me habló mucho de usted.

-Llámame Harry. ¿Y qué te dijo este atrevido? -
comentó el hombre fingiéndose enojado.

-Qué este lugar es tan maravillosos como su dueño. Y tenía razón –susurró caminando hacia un amplio ventanal desde donde se veían las iluminadas aguas.

-Nunca me dijiste que tenías amigos tan…corteses y elegantes -susurró Harry dándole un codazo.

-Digamos que hace época nos conocemos, pero en vez de hablar tanto, ¿no podrías darnos una mesa? ¡Estamos muertos de hambre!

-Por supuesto, perdonen. Los llevaré al sector especial, allí podrán conversar sin que nadie los interrumpa -acotó guiñando un ojo a su amigo.

-¿Qué tienes de rico hoy, Harry?-exclamó Charles ignorando el gesto.

-Menú del día: Pescado al horno con salsa cuatro quesos y guarnición.

-Pediré una de esas, pero te agradezco que traigas la carta para que mi amigo Román elija.

-En seguida. Y les dejaré una botella de vino especial de la casa. Esa va de obsequio.

-No olvides mi agua, Harry.

-Claro que no.También de la casa –bromeó el hombre.

-Realmente tenías razón. Este lugar es encantador, no recuerdo haber estado en algún sitio así-sonrió Román saboreando el vino.

-Sé que lo dices por halagarme. Has viajado por todo el globo, Román. Seguro has visitado restaurantes muchos mejores que este.

-Hay cosas que no tienen que ver con lo costoso. Vengo de una familia, humilde, Charles. En realidad fui adoptado a los tres años por dos personas maravillosas. Mi padre adoptivo era carpintero y mamá doméstica, hicieron mucho sacrifico para que yo pudiera estudiar. Y tuve suerte al tener una intuición especial para la informática.

-Nunca lo hubiera imaginado-confesó. ¿Qué fue de ellos?

-Fallecieron hace unos años, ya eran mayores cuando me convertí en su hijo. Y nunca dejé de extrañarlos. ¿Qué hay de ti?

-Mi madre murió hace años en un accidente y fui a vivir con mi abuela. Nunca conocí a mi padre- confesó. Pero mi abuela es el ser más encantador que te puedas imaginar, no sé qué hubiera sido de mí sin ella-finalizó Charles.

-Estoy desconcertado -afirmó de pronto Román.

-¿Por la belleza del sitio?

-También. Pero en pocos minutos te conté toda mi vida, cosa que jamás hago.

-Estamos iguales-asintió Charles tomando un trago de agua fresca.

-¿No te gusta el vino? ¡Es exquisito!

 -Tengo un problema hepático, no bueno que beba alcohol ni coma cosas picantes.

 -Comprendo, me alegra saberlo, lo tendré en cuenta par a nuestra próxima salida —comentó sin notar que había sugerido una próxima cita.

-Gracias, Román. Eres muy amable.

-Aquí tienen, disculpen la demora. Estaba pescando para ustedes —carcajeó Harry. Estoy en la caja, no duden en llamarme si quieren algo más.

-Gracias, amigo —sonrió Charles.

Cerca de media noche, Román miró su reloj y con pesar, se disculpó con su acompañante.

-Las horas pasaron volando, me gustaría pagar la cuenta y recorrer un poco el puente antes de regresa a casa. Aunque no creo que a esta ahora se pueda.

-Conozco una manera. Y por supuesto, yo invito.Harry-llamó. ¿Puedes poner esto en mi cuenta? Agrégale la propina acostumbrada para el mesero.

-Claro, amigo. Este mesero queda muy agradecido. Y espero verlos pronto.

-Así será-sonrió Román .Regresaremos.

-Los estaré esperando.

-Y gracias por el vino, es exquisito-comentó Román con gentileza.

-Un placer-sonrió Harry retomado su actividad.

-¿No hay más mesero que Harry? El local está repleto-preguntó Román con curiosidad.

-Claro que sí. Hay dos más, pero estuvimos en el sector vip. Solo lo atiende Harry.

-Ahora comprendo-carcajeó Román.

-Vamos al puente, te gustará.

-Si es que podemos pasar.

-Todo es posible con el mágico Charles. "O casi todo"-suspiró con fuerza.

-Veo que hay una cuerda indicando que está cerrado-comentó Román señalando hacia delante.

-¿Acaso no sabes saltar?-acotó Charles levantando un pie hasta llegar al otro lado.

-Eres terrible, pero no quisiera terminar preso. Tengo que viajar en unas pocas horas.

-Confía en mí-sonrió tomándolo de la mano. El espectáculo es grandioso desde el centro del muelle.

-Está bien –asintió Román rodando los ojos.

-No te arrepentirás.

-Otra vez tenías razón –suspiró Román observando la costa montevideana. Imagino que viene seguido por aquí.

-Bastante. Amo el lugar.

-Es fácil imaginar el motivo-agregó arrastrando a un sorprendido Charles hacia su cuerpo.

-¿Qué haces?-preguntó este confundido.

-No es secreto que soy Gay, y si aceptaste esta cita supongo que también lo eres.

-Es verdad, ¿pero a qué viene eso?

-Pensé que podríamos pasar la noche juntos. En mi casa.

-Escucha, Román .Me caes bien, pero no acostumbro a acostarme en mi primera salida. Lamento haberte dado esa idea-se excusó.

-Lo lamento-enrojeció este tomando una bocanada de aire marino. Creo que leí mal las señales.

-No sé qué decir -asintió Charles con pena.

-Quizá podrías llevarme a casa. Mañana viajo y…

-En eso quedamos. Tendrás que decirme dónde vives, salvo que desees que te regrese al Hotel.

-No, vivo en la Ciudad Vieja. Ituzaingó veinte quince-anunció .A unas dos cuadras de la Peatonal Sarandí.

-Conozco la zona - afirmó Charles poniendo en marcha su vehículo

Un gélido silencio flotaba entre los hombres hasta que Román anunció.

-Es en aquel edificio antiguo pintado de blanco.

-Perfecto-asintió el joven.

Charles paró frente al sitio mencionado y masculló.

-Buen viaje, Román. Éxitos.

-Gracias.-asintió abriendo la puerta para descender del vehículo.

Estaba con un pie en la calle, cuando sacudió la cabeza y volvió a sentarse.

-Escúchame, me porté como un necio. Estoy muy mal acostumbrado, generalmente las personas con las cuales salgo caen rendidas a mis pies y acceden a todos mis caprichos-confesó.

-Está bien. No precisas disculparte.

-Tengo cuarenta y tres años, y tú apenas debe pasar los veinte. Esto no debió pasar. Es más, ni siquiera debí salir contigo.

-Cumplo veinticuatro en la próxima primavera.

"Si llego, lo cual dudo" No soy un niño, sé lo que deseo. Como te dije, me gustas, pero acostarme con un tipo que recién conozco no está en mis planes.

-El hecho es que…me gustaría volver a verte cuándo regrese de mi viaje. ¿Qué dices?-preguntó Román ignorando el comentario.

Charles frunció el ceño, y tras unos interminables minutos, sonrió.

-Abre la guantera y toma mi tarjeta .Puedes llamarme si al finalizar el viaje piensas de la misma forma.

-Estoy seguro que así será. Te mando un mensaje así quedamos conectados. Hasta la vista, Charles.

-Adiós, Román-asintió este con voz gangoso por la emoción.

Charles esperó hasta que el informático entrara a la vistosa mansión y sonrió.

-Ojalá recuerdes tu promesa. Me gustas mucho, Román. Quizá debí aceptar tu invitación, el tiempo que me queda no da para vivir una gran historia de amor. Pero me dio fastidio que pensaras que yo…Bah, seguramente encontrará alguien más complaciente en el viaje-suspiró dirigiéndose a su hogar.

-Charles Soler. Divina Comedia 1536. Esto es en Carrasco, conocí a alguien hace mucho en esa zona. ¿Pero a quién?-reflexionó Román mientras se metía en su cama. Me atraes, Charles, seré paciente. Estoy seguro de que vales la pena, pero la próxima vez que te vea deberé aclarar la situación. Esto no será nada permanente .Detesto los compromisos-comentó lanzando un fuerte bostezo.

El periodista entró la cocina y se entibió un poco de leche.

-Son las dos pero no tengo sueño. Adelantaré mi columna y la enviaré al Diario- decidió caminando hacia sus despacho sin imaginar que su abuela tampoco había podido pegar un ojo. Tras cerrar la puerta de la habitación, encendió la computadora y comenzó su nota.

"Queridos amigos.

¿Cómo han pasado? Tengo algo muy interesante que contarles. Cuando pensé que la vida no tendría nada interesante que ofrecerme, conocí a un hombre que podría traer esperanza a mi mísera existencia.

Creo que no les comenté que era Gay, quizá eso haga que algunas personas dejen de leerme, pero bueno, esa es mi realidad y estoy orgullosa de ella. Sin embargo, habrá otros que seguirán acompañándome sin importar cuál sea mi orientación sexual. Con esos me quedo.

Y volviendo a lo que interesa, les comento que conocí a esa persona casualmente (si es que creen en el azar, yo me inclino a las causalidades) y simpatizamos enseguida. Salimos a cenar, y me invitó a su casa para pasar la noche juntos.

Aunque no lo crean yo rechacé la oferta, soy un romántico empedernido y no suelo ir a la cama en mi primera cita...algunos me llaman tonto, otros asexual, pero no me importa. Yo actuó según me indica mi conciencia, y eso fue lo que me indicó.

Billy- como llamaré al hombre que despertó mi interés, confesó tener veinte años más que yo, pero no considero que la edad sea un motivo de separación. ¿Qué harán ustedes?

Espero ansiosamente sus respuestas.

Mark."

Charles leyó la misiva por última vez y tras unos pocos arreglos la envió al periódico.

-Hora de dormir-sonrió satisfecho. Espero que Román me envié las fotos prometidas. Tengo su teléfono y correo, así que cualquier cosa se lo recordaré.

El sol apenas salía cuando el celular de Charles anunciaba la llegada un mensaje.

-En poco rato subiré al avión, te llamo cuando regrese. Aquí tienes lo acordado. Román.

 -Uaaauuu.Muchas gracias-respondió inmediatamente observando las numerosas fotos que el informático le había enviado junto a la breve misiva.

-Un gusto, querido. En una semana estoy por aquí otra vez listo para responder las preguntas que necesites. No dejaremos que te echen de tu empleo.

-¿QUERIDO?-exclamó Charles saltando de la cama. No debo ilusionarme, en una semana pueden cambiar muchas cosas. ¡Debe haber mucha personas interesadas en tener una cita con un hombre tan importante!-volvió a acostarse recordando la maravillosa noche que había pasado. "Ya ni recuerdo la última vez que fui tan feliz"-susurró antes de caer otra vez dormido.

la noche me envolvía,

de nuevo te encontré,

al fin de extraño día,

me encontraste también,

<u>Capítulo IV</u>

-Maldición, el celular no deja de sonar-rugió Charles siguiendo el ruido que parecía venir desde la mesa de luz. ¿Dónde mierda lo dejé?-gruñó restregándose los ojos. ¡Allí estás!-casi exclamó tomándolo entre sus manos. ¡Diez llamadas perdida de Alberto!-gritó sentándose en el borde de la cama. Ya mismo lo llamaré a ver que ha sucedido.

Apenas había finalizado de discar cuando escuchó los gritos de la profunda voz de su jefe.

-¿Dónde te habías metido? ¡Hace rato que te estoy buscando!

-Acostumbro a dormir por las noches-respondió Charles sarcástico. Podías esperar a que me despertara para avisarme de mi despido.

-¿De qué hablas ? Veo que no has leído el impacto que has causado con tu última columna literaria. Cientos de respuestas en horas. Por favor mira el periódico.

-Vaya, me has sorprendido. Pensé que gustaría, pero no tanto como dices. En cuanto cortes voy a fijarme-asintió.

-Has logrado despertar la empatía y el interés de muchísima gente de todas las edades. Ya recibí la otra misiva y la publicaré de inmediato. No hay que esperar a tu próximo día, ya mismo debe estar en línea-gritó Alberto exaltado... Sería bueno que respondieras a alguna de ellas, para que surja con los lectores un intercambio fluido.

-No olvides que creen que soy un simple lector-argumentó Charles. Podrían sentirse estafados si conocen la verdad.

-Haz lo que te digo y deja todo en mis manos. Tengo muchos años de experiencia en el tema.

-De acuerdo. Y en poco tiempo más te enviaré la nota que realicé a Román con las fotos.

-¿Así que Román, eh?- carcajeó Alberto. Sabía que ese hombre era Gay, aunque nunca lo confesó abiertamente...

-A veces eres insoportable.

-Pero soy encantador, ¿entonces qué tienes para decirme?

-*"Deja todo en mis manos"*. Tú prepara mí aumento de sueldo. O el Amanecer Ciudadano estará feliz de tenerme entre sus columnistas río Charles nombrando al periódico rival.

-Está bien -gruñó Alberto. Hablaré con el Director, aunque por la emoción de su voz no crea que ponga objeciones.

-Nos vemos el lunes. Buen fin de semana.

-También para ti. Descansa y prepárate para nuestra próxima historia.

-De acuerdo. Iré a leer las respuestas-asintió encendido su computadora para visitar la página del periódico. Vaya-titubeó al comprobar las numerosas respuestas recibidas.

-*"Mark, tranquilo Soy trasplantado del corazón y estoy perfectamente. ¡Saldrás bien de esta! Obedece a los médicos y cuídate .¡Y cuenta conmigo!*

-*"Amigo: Hoy haré una cadena de oración por ti. Ya hablé con el Pastor de mi Iglesia.*

-Alberto tenía razón, la lista es interminable. Seleccionaré algunas y luego iré a desayunar. Tengo todo el fin de semana para continuar.

"Hola, Mark. Leí tus dos cartas. Estoy seguro de que mejorarás, y no mi importa que seas Gay. Lo único que lamento es que no hubieras dormido con el veterano, la edad es un número. Sé feliz."

-JAJAJAJJAJAJA-carcajeó Charles abiertamente continuando con su lectura.

"Mark, lamento que seas Gay. Creo que tu enfermedad es un castigo divino por tu promiscuidad. ¡Arrepiéntete y regresa a la senda del Señor! Quizá no mejores, espero estás frente a él si te toca partir. Tito"

-Off, este tal Tito no anda con chiquitas-musitó sarcástico.

"Mark: Me llamo Mario y tengo dieciocho años .Gracias por salir del closet públicamente. Me has dado fuerzas para hacer lo mismo. Considérame tu admirador, estoy seguro de que muy pronto estarás bien"

-En primer lugar contestaré la de Mario. Debo darle ánimo al pobre chico-decidió.

-Querido, ¿sucede algo que no baja a desayunar? Es casi medio día. Tampoco has tomado tus remedios-exclamó Daniela tras golpear suavemente la puerta.

-Ya voy, abuela. Estaba leyendo a la repercusión de mi último trabajo en el periódico.

-Y por tu cantarina voz parece que fue un éxito.

-Así es. Dame un segundo, me visto y voy.

-Te espero en el living. *Lo que haya sucedido, bienvenido sea si lo hace feliz y le da la fuerza suficiente para continuar-* -asintió la mujer dichosa de escuchar la alegre voz de su nieto.

-Aquí estoy-anunció Charles casi enseguida. Tengo mucho apetito.

-Me encanta escucharte tan animado, ¿puedo saber de qué se trata?

- Muy pronto te enterarás. Disculpa que me apure, tengo algo que hacer.

-No hay problema, querido. Me encanta verte sonreír -respondió la mujer amorosamente.

-Abuela, ojalá supieras cuanto te quiero. Y lamento no haberte conocido antes. Mi niñez hubiera sido otra a tu lado. No es que haya sido infeliz con mamá, pero...

-Lo entiendo, querido. Y también te adoro. ¡No soportaría perderte!-sollozó apretándole una mano por encima de la mesa.

-Y no me perderás, estaremos juntos hasta que yo sea muy viejito.

-¿Lo prometes?-susurró Daniela.

-SIP. Estaré aquí la próxima primavera, y la otra, y la otra. Y ahora déjame terminar, tengo mucho trabajo pendiente.

-Y yo debo ir a la feria del libro. Patrocino a un nuevo escritor .Quizá tengas tiempo de escuchar algo sobre este.

-Cuéntame –asintió Charles moderando su inquietud.

El joven terminó su desayuno y en cuanto su abuela dejó de hablar, se dirigió a su despacho sin perder un segundo.

-Ahora daré una respuesta general ¡Esto es más de lo que esperaba!-sonrió Charles leyendo nuevamente la exitosa columna.

Estimados amigos:
Gracias por tanto. Sus respuestas me han conmovido, y trataré de irlas contestando una a una. Aun la de aquellos que no aprueban mi orientación sexual
En principio, sepan que Billy es encantador. Y estaré listo para dar el próximo paso si me llama como prometió. ¡No veo la hora de volver a verlo!
Por ahora esto es todo, paso a contestar en forma particular.
Mark.

Como todos los lunes, Charles saludo a sus compañeros de trabajo y se encaminó a su escritorio dispuesto para continuar su emprendimiento.

-Hola, triunfador-lo saludó Alberto. ¿A nombre de quien debe ir el aumento, Mark o Charles?

-Charles-sonrió. Mark es mi personalidad secreta, algo así como Clark Kent.

-Ohhhhh.Me encanta eso, Superman.Te dejo trabajar-acotó marchándose

-No puedo creerlo, ahora solo falta que Román me llame y todo será perfecto. Casi perfecto-pensó recordando su enfermedad.

En ese ínterin, y como si lo hubiera escuchado, el celular comenzó a vibrar sobre la mesa.

-Es Román –aplaudió. ¡Insólito! Hola-respondió haciéndose el indiferente.

-Charles, no sé si todavía te acuerdas de mí.

-Claro que lo hago, tonto.

-Me da tranquilidad escucharte, porque yo no he podido sacarte de mi cabeza-acotó el hombre.

Llego el miércoles de mañana y pensaba que podríamos tomar algo, ¿Qué dices?

-Me encanta la idea, Billy-exclamó impaciente.

-¿Billy? –respondió este con sequedad.

-Perdón es que estuve hablando largo rato con un compañero de trabajo con ese nombre-se excusó.

-Está bien. Tendremos tiempo para que expliques quien es ese compañero tan importante.

-Nadie-respondió con seguridad.

-Soy un tonto al ponerme celoso, en realidad solo hemos salido una vez. Y no hay compromiso entre nosotros

-Eres encantador. Y estoy desando verte.

-Genial, porque yo también-exclamó Román. Mañana te aviso la hora.

-Te estaré esperando-asintió el joven.

-Seremos dos. Hasta mañana –cortó Román.

-Fui un idiota, casi lo hecho a perder, ahora debo busca la forma de aclarar quién es ese Billy sin descubrir mi secreto.

Charles se arregló la camisa por décima vez al mismo tiempo que miraba la hora.

-Estás elegantísimo-susurró su abuela. Imagino que la persona que verás es muy importante para ti.

-Demasiado para el tiempo que hace que la conozco...

-Vi a tu abuelo dos veces antes de saber que sería el hombre de mi vida. A los dos meses nos comprometimos. Y estoy segura de que seguiríamos juntos si no hubiera fallecido tan joven.

-Fueron felices, y eso es lo que importa. No se trata de cantidad sino calidad, abuela-acotó Charles con melancolía.

-Eres sabio, querido. Y creo que escucho sonar algo así como una bocina.

-Es su auto, puntual como todo informático -sonrió Charles. Me voy.

-Ese joven no es tonto. ¡Estás hermoso!

-No es tan joven abuela-carraspeó.

-Oh-titubeó esto. No me digas que tiene mi edad.

-Un poco menos-río Charles.

-Después de todo, tú abuelo me llevaba quince años-fingió recordar Daniela.

-Quizá no regrese esta noche-anunció tomando su chaqueta.

-Lleva preservativo. Nunca se sabe que peste puede tener tu galán -susurró la mujer guiñando un ojo.

-¡ABUELA!-exclamó Charles fingiendo horrorizarse.

-*"Disfruta, querido, mereces ser feliz. Espero que ese hombre te valore adecuadamente y su amor produzca el milagro que precisamos"*- suspiró limpiándose la humedad de los ojos.

Charles se acomodó en el vehículo de Román y sonrió tímidamente.

-Hola-balbuceó apenas cerró la puerta.

-Hola. No veía la hora de que llegaras, estuve por adelantar las agujas del reloj para apresurar el tiempo -respondió Roman tomándolo entre sus brazos al mismo tiempo que lo besaba con pasión.Perdona, yo…

-No te disculpes. Me gustó tu recibimiento – musitó Charles reflejándose en los azules ojos de Román.

Tomándolo como una invitación, Charles sonrió y volvió a abrazarlo.

-Me gustas mucho, más de lo que querría. Pero no estoy acostumbrado a realizar promesas de amor eterno. Prefiero vivir el hoy y sorprenderme. Quería que lo supieras antes de…continuar. Si es que piensas que puede haber algo entre nosotros.

-Pienso igual. Vivamos el momento, mañana….no sabemos qué puede pasar- concordó el joven.

- Sin embargo, mientras estemos juntos, solo seremos tú y yo. ¿Comprendes, verdad? No admito a la traición, tampoco comparto.

- Solo tú y yo…hasta el final.

-Me alegra escucharte-volvió a besarlo. Y vamos a cenar. Tengo muchas cosas que contarte. Y preguntarte, como quien es ese tal Billy.

-De acuerdo, pero como te dije, nadie de quien debas preocuparte.

-MMMM. Eso lo decidiré yo mismo-bromeó el hombre fijando su vista en las solitarias calles.

y en la pieza sombría,

me amaste, yo te amé,

tu alma hice mía,

y nunca más se fue,

Capítulo V

-Vaya, escogiste tremendo lugar-silbó Charles al
entrar al excelente restaurant "Premium"-
ubicado en la Ciudad Vieja de Montevideo.
-Me encanta este lugar-asintió Román. Suelo
venir seguido, especialmente porque vivo a unas
pocas cuadras. Arriba tiene una especie de
museo sobre artefactos de cocina, lámparas,
publicidades viejas. Si no estás muy hambriento
podemos subir un momento así lo admiras.

-Vamos, adoro ver las antigüedades –sonrió Charles subiendo de a dos los escalones de madera.

-Espera, soy casi un anciano a tu lado -bromeó Román siguiendo al joven.

-Realmente esto es maravilloso-comentó Charles comenzando a recorrer una de las dos piezas que oficiaban como galería.

-Me alegra que te guste-sonrió Román abiertamente observando de reojo la curiosidad que afloraba en el rostro de su acompañante.

-Creo que a mi abuela le gustaría visitar este sitio-susurró como si estuviera solo. Quizá la invite el próximo viernes.

-Estoy seguro que quedará encantada. *"Hace tiempo no estoy tan cómodo en una cita. No sé qué tiene Charles, pero sin duda, es diferente a todos los otros chicos con los que he salido. Es…tan cálido, tan alegre, tan sano…Será muy fácil enamorarme de él, si ya no lo estoy. Por primera vez, no estoy desesperado por llevar a un tipo a la cama"*-reconoció Román.

-Sin duda le fascinará-aceptó el joven.

-Y ahora vamos a comer. Podemos regresar un poco más tarde, si es que todavía no ha cerrado.

-De acuerdo, mi estómago está gruñendo de hambre-aplaudió Charles. Apúrate, Román, descender suele ser más sencillo para los ancianos.

-¡Listillo!-exclamó el hombre siguiendo a Charles.

 Apenas se ubicaron en la mesa reservada, Charles hizo un gesto llamando al mozo.

-Buena noches, Señor Guido. Aquí tiene la carta.

-Gracias. Yo deseo la carne asada de la casa. Con papitas al horno. Te la recomiendo-aconsejó a Charles.

-Entonces todo dicho. Lo mismo.

-¿Qué van a beber?

 -Cabernet Sauvignon. El mejor que tenga.

 -Para mí agua, preferentemente sin gas-agregó Charles.

-Qué pena. Pensaba emborracharte y llevarte a casa. Veo que no será posible bromeó Román

-Tal vez no precises hacerlo para que vaya contigo. Ya no nuestra primera cita.

- No me tientes jovencito, había decidido portarme bien-susurró Román sintiendo que el deseo invadía su cuerpo y corazón.

-Ja ja ja. Primero debo alimentarme. Hace mucho que no sentía tanta hambre.

 -"No solo de pan vive el hombre"-ironizó Román.

-¿Eres creyente?-preguntó Charles con curiosidad.

 -A veces. De chico me llevaban al Iglesia, luego deje de concurrir al enterarme que Dios no quería a los Gays.

-Esos son pavadas que inventan los homofóbicos para cimentar su odio-afirmó Charles con seguridad.

-Veo que tú si eres creyente.

-Mi proceso fue al revés, con mi madre jamás se tocaba el tema. Cuando vine con abuela comencé a visitar la Iglesia Metodista. Y ahora, Dios está ganando puntos al presentarte a mi vida en el momento justo.

-¿A qué te refieres con "justo a tiempo"?

 -Quiero decir…cuando casi me corren del trabajo…apareciste tú-susurró Charles comprendiendo que casi había metido la pata.

-Comamos-acotó Román frunciendo la nariz. "También te estás convirtiendo en alguien muy importante para mí"-reflexionó el hombre sin decir una palabra. Y casi lo olvido, te traje un obsequio de mi viaje-comentó abriendo su maletín.

-¿Para mí?-exclamó el joven abriendo bien los ojos.

 -Espero que te guste. Es de última generación.

 -Una máquina de fotos-susurró Charles luego de abrir el paquete. ¡No debiste hacerlo, te dije que tenía seguro!

-La vi y no pude evitarlo. Espero que la disfrutes.

-Gracias-comentó un emocionado Charles. Puedes estar seguro de que será mi máquina favorita.

-Gracias-sonrió Román con un hilo de voz.

-¿Por?-preguntó Charles envolviendo su nuevo tesoro.

-Por hacerme tan feliz y demostrarme que en la vida, siempre puede haber un nuevo comienzo. Sé que es muy pronto, y no fue lo que acordamos ,pero...me gustas, Charles, mucho más de lo que quisiera. Y deseo que nuestra relación dure más que una noche.

-Hicimos un trato, ¿lo recuerdas? No hablar del futuro-sugirió el joven sintiendo que el corazón se le partía al pronunciar la última palabra.

-Comprendo, soy demasiado viejo para ti.

-Nada de eso, la edad es un número. Veamos cómo avanza esto, y luego...decidiremos-comentó intentando sonar optimista.

Buena idea, entonces ¿qué te gustaría de postre?

-Leeré la carta. No me apures.

La conversación continua sobre diversos asuntos hasta que Charles emito un bostezo.

-Este viejo te está aburriendo-susurró Román.

-¿Quieres dejar de decir esa tontería?-casi gritó Charles. No eres viejo, es que trabajo muchas horas. Nada más. "Y algunas pastillas me dan modorra"-reflexionó con tristeza.

-No volveré a mencionarlo. Será mejor que pague y te lleve a tu casa para que descanses –decidió.

-No fue eso lo que prometiste -susurró Charles seductoramente. A menos que te hayas arrepentido...

-Mozo, la cuenta-exclamó Román.

Charles se acomodó en el mullido asiento del coche y cerró los ojos.

-No te duermas, vivo a tres cuadras-comentó Román.

-Solo aprovecho para tomar fuerzas presiento que tendremos una noche voraz-río Charles.

-Dios te oiga-bromeó el hombre.

Apenas terminó de decir la última palabra, cuando se detuvo frente a una antigua puerta que parecía ser la entrada de un garaje.

-Hemos llegado, descenderá para abrir. Este edificio es muy antiguo, o sea que la puerta del estacionamiento es con llave .Nada de tecnología.

-Parece la entrada de una casa más que de garaje-comentó Charles. De vidrio e iluminada.

-Tiene una puerta de acero más adelante. Y esa, posee una alarma muy poderosa. No precisamos volver a salir, de aquí mismo ingresamos al palier.

-Es bellísimo-balbuceó Charles al contemplar el ascensor de rejas. Hacía mucho no estaba en un sitio tan…deslumbrante.

-Hacia mucho que no estaba con un joven tan…encantador.

-Román…

-Perdona, no volveré a tocar ese tema-acotó con melancolía.

-¿En qué piso estás?-preguntó el joven cambiando de tema.

-Noveno. Desde el balcón se ve todo el puerto hasta llegar al Cerro de Montevideo .Llegamos-sonrió abriendo la puerta del ascensor para que el joven descendiera.

-Esta noche ha sido inolvidable-susurró Charles caminando hacia el amplio ventanal .Si muriera ahora, lo haría agradecido. Perdona, no quise...

-¿Qué es esa tontería? ¡Estás comenzando a vivir!-gritó Román levantando los brazos al cielo. Y la noche recién comienza.

-Cuando me dijiste que residías en Ciudad Vieja me asombré, podías tener una casa de lujo en cualquier barrio residencial, pero esto...es indescriptible.

-Me alegra que te guste. Es muy amplio y cómodo.

-Se nota, ¿puedo salir al balcón?

-Por supuesto -sonrió Román abriendo el ventanal.

-Que vista maravillosa. ¡Jamás me cansaría de admirar el paisaje!-acotó Charles apoyándose en la baranda.

-Tampoco yo-susurró el dueño de casa pasando un brazo por los hombros de su compañero.

Es...única-susurró mirándolo fijo.

Charles comprendió de inmediato a que se refería, y besó a su anfitrión suavemente en los labios.

-Otra vez gracias.

¿Por?-preguntó Romas sin separarse.

-Por una noche que no olvidaré jamás.

-Y que recién está comenzando. Además, puede repetirse si lo deseas.

-Oh, Román-susurró sintiendo que su compañero intensificaba las caricias.

-Quizá desees conocer el dormitorio-sugirió con un hilo de voz.

-Justo iba a sugerirlo-asintió.

La ropa de los hombres fue cubriendo el cálido pasillo, hasta que luego de un segundo que pareció un siglo, Román exclamó.

-Este es mi cuarto. Y aunque no creas, eres el primero que traigo.

-No entiendo, imagino que has tenido muchos amantes.

-Así es, y poseo varias propiedades. Pero esta, es mi casa-afirmó tomando el rostro del joven entre sus manos. Y no viene cualquiera.

-Uauuuu. ¡Sabes cómo hacer sentir bien a un hombre!

-No a todos, solo a ti-añadió insistente.

La pareja cayó en el lecho, y continuó reconociéndose mutuamente mientras el cielo estrellado parecía rozarlos. Y allí, en ese sublime instante donde el deseo y el placer parecieron confluir, Román comprendió que estaba perdido de amor por Charles.

-Es increíble, la primera vez que me enamoro de verdad y debo callarlo para no espantar a mi amante. Pero tengo esperanzas de que en algún momento, Charles sienta lo mismo. ¡Dejaré mi vida en ello!-apretó los puños sin imaginar que el joven ya compartía sus sentimientos.

Charles escuchó un ruido extraño y saltó de la cama. ¿Román?-titubeó al ver el sitio de este vació. ¿Román?-repitió cubriéndose la cintura con una toalla mientras recorría el apartamento.

-Buenos días, soy Lita -saludó una sonriente mujer de mediana edad. El Señor se tuvo que ir, pero me entregó una misiva para usted. Y ordenó que le sirviera el desayuno. Sígame por favor.

-Hola. Yo soy…

-Se quién es, el hombre que puso de buen humor a mi jefe...Tienes que venir más seguido, nunca lo vi tan feliz. En realidad, eres el primero que veo por aquí.

-*No me mintió. ¿Qué puede haber visto un hombre tan poderoso en un simple fotógrafo?*- reflexionó mientras abría el papel.

"Querido Charles: Deberás perdonarme, recordé que tenía una reunión impostergable a las siete de la mañana. Te llamo luego.

Y gracias otra vez por haberme regalado la primera noche más hermosa de mi vida.

¿Alguna vez escuchaste decir que las reglas existen para romperlas?

Por mi parte, creo que este caso es uno de ellos. Y lucharé, hasta que concuerdes conmigo.

Besos, querido"

Charles se secó las lágrimas y se dirigió hacia el mismo ventanal que había estado la noche anterior.

Tras mirar rápidamente al brillante sol, exhaló un largo suspiro y musitó:

-No puedo morir ahora, no sería justo. Señor, ayúdame. Quiero vivir, quiero amar…-musitó escuchando a lo lejos la voz de Lita que lo llamaba.

Charles llegó a su casa tarareando una canción y se encontró con Daniela leyendo el periódico en el living.

-Abuela. ¿Cómo has estado?

-Perfectamente. Pero según parece, no tan bien como tú.

-Yo…-enrojeció.

-Querido, no quise perturbarte. Estoy feliz de verte tan contento, solo deseo que esa felicidad sea eterna.

-Trataremos, abu,-la besó.

-No solo "tratar" ¡Debes lograrlo!

-A veces surgen cosa que son difíciles de sortear. Pero lo intentaremos. Con permiso, debo ir a prepararme. Hoy entro a las catorce.

-Ve querido. Y sigue adelante que lo mejor está por venir.

-Eso espero. Bajo para el almuerzo.Ah, y hablando de almuerzo, estoy pensando en invitarte a un lugar maravilloso. Quizá el viernes que entro otra vez de tarde.

-Será un honor. Y te lo recordaré el jueves de noche. Cosa que no te olvides.

-Imposible. Es una cita.

-*"Que Dios bendiga al persona que iluminó tu mirada. Y la mía"*-rogó la mujer cerrando momentáneamente los ojos.

-Pediré hora al Doctor Elbam para el lunes a primera hora, estoy seguro de que he mejorado. Me siento como nunca-sonrió observando encenderse la pantalla de su celular.

-¿Nos vemos hoy? Quedo libre a las dieciocho.

-De acuerdo, si te parece voy para tu casa-asintió Román.

-Te estaré esperando. Y ya reservo el próximo fin de semana, y el otro…

-De acuerdo-asintió Charles. Tal como te dije, el viernes llevaré a la abuela a almorzar, así que...quedaré libre a partir de la tardecita.

-Excelente. Nos vemos en poco rato. Te dejo, mi secretario vino a buscarme porque continúa la reunión de negocios -escribió antes de dejar el WhatsApp.

-Lamento interrumpirte-comentó Carlos. Pero nuestros clientes esperan.

-Dime Carlos, ¿Qué sentiste cuando te enamoraste de tu esposa?

-Hace tanto que ya no me acuerdo—respondió el hombre. Es una broma, en cuanto terminemos, tomamos algo y te cuento. ¡Sabía que estabas diferente! Y para bien –agregó este abriendo la puerta de la sala de reuniones.

-Creo que debo tener una larga conversación con Eliana –comentó Román refiriéndose a la esposa de su amigo

el verano latía,

y tú junto con él,

nos volvimos poesía,

en raro anochecer.

<u>Capítulo VI</u>

Charles estaba haciéndose los exámenes médicos de rutina cuando escuchó vibrar a su celular.

-En mal momento-suspiró observando la aguja que muy pronto pincharía su vena. Atenderé en cuanto salga.

-Tranquilo-sonrió la enfermera contemplando el ceñudo rostro del joven. No dolerá nada.

-Eso me dices siempre que vengo, pero ya me está quedando el brazo azul de tantos moretones.

-Eres muy exagerado. ¿Has visto? Entre tanto rezongo terminamos.

-Bárbaro, ¿para cuándo están los resultados? Pensaba ir el lunes al médico.

- Los pidió con urgencia, así que llegarán para la consulta Pero otra vez no esperes al último día- rezongó la mujer.

-Uifff.Está bien. Hasta la próxima –se despidió Charles bajándose la manga de la camisa.

Ahora miraré el teléfono.

-Querido Charles: Espero te encuentres bien, estaba pensando que podrías venir el viernes de noche para casa. Debo ir para Colonia a primera hora del sábado, y me gustaría que fuéramos juntos. El domingo a última hora de la tarde estar estaríamos de regreso, ¿Qué dices?

-Vaya –susurró Charles. Creo que sería un paseo maravilloso, ¿estás seguro?

-Por supuesto, o no te lo hubiera pedido. Tomo tu respuesta como un sí y te llamo de noche. Comienzo otra reunión.

-De acuerdo. Hasta luego-asintió resistiendo las ganas de saltar hasta el cielo. *"Sé que sufriré mucho cuando Román se aburra de mí, aunque en realidad quizá no tenga tiempo. Debo dejar estos nefastos pensamientos, me siento bien, y eso es todo lo que importa. ¡A disfrutar!*-sonrió saliendo para el periódico.

-Hola, reportero estrella-saludó Alberto al verlo entrar. ¿Cómo te trata el estrellato y el nuevo aumento?

-JAJAJAJAJA. Las dos cosas de maravillas. Y dile al Director que aprovecharé muy bien el dinero.

-Se lo haré saber-sonrió Alberto.

-Y ahora te dejo, tengo que a atender a mis fans.

 -Son todos tuyos, sin duda, te aman-susurró guiñando un ojo.

 Charles cerró la puerta de su despacho y tal como hacía todos los días, encendió su computadora y comenzó a escribir:

"Queridos amigos, ¿cómo están?

Seré breve: Billy me invitó a Colonia para pasar el fin de semana con él, y acepté. No veo la hora de partir, creo que será maravilloso. Como una especie de luna de miel anticipada. Lo estuvo e pensando y debo aprovechar bien cada momento, porque el futuro, ¿quién lo conoce?

¡Les cuento como fue!

Saludos.

Mark"

-Vaya, ya tengo una respuesta. Imagino quien puede ser-añadió el joven sin sorprenderse. Veré que dice.

"Excelente. Disfruta y sé feliz. Estoy escuchando campanas de boda. ¡Ese hombre está loco por ti! Mario.

-Mis lectores son geniales. Y realmente saben cómo darme ánimo-suspiró. Terminaré de leer e iré para casa. Últimamente he pasado más horas aquí que en mi domicilio. ¡No quiero ni pensar en lo contenta que estará la abuela por esta situación!

Charles entró sigilosamente y rodó los ojos al ver a Daniel regando unas plantas

-Hola, abuela. ¿Cómo has pasado?

-Charles. Me asustaste, no te escuché entrar – exclamó haciéndose la sorprendida.

-Abuela…no me engañes-rio el joven.

-Vaya, jovencito. ¡Qué difícil es poder verte ahora!-asintió haciéndose la ofendida. Casi tengo que pedir audiencia para ver a mi único nieto.

-Estoy con mucho trabajo-se excusó levantando los hombros. Pero te prometo que eso va cambiar.

-Lo dudo, tienes un admirador muy persistente. No creas que soy tonta, te escucho hablar a escondidas.

-Abuela, yo...

-Nada de abuela. Más vale que no olvides nuestra cita del viernes o verás lo que es una dama enojada.

-Jamás dejaría de ir a comer con una de las mujeres más bellas de la capital.

-Sabes cómo halagarme. Ahora comprendo porque este tipo se enamoró de ti.

 -No me ama, solo estamos saliendo.

-Tonterías, nadie sale tantas veces sin caer rendido a tus pies. Eres adorable.

- En estos días me lo han repetido tanto que me lo voy a creer –sonrió atendiendo la insistente llamada. Hola, Román-bajó la voz.

-¿No te dije? ¡Allí está el plomo! Será mejor que los deje hablar tranquilos-carcajeó saliendo de la sala.

El día del almuerzo llegó y luego de mostrarle el museo, Charles se acomodó junto a su abuela en una mesa cercana a donde había estado con Román.

-Tenías razón, es un sitio encantador. Y debo reconocer que nunca lo había visitado.

-Me alegra que te guste. Abuela, debo confesarte una cosa muy importante.

-Imagino de que se trata. Habla de una vez.

-No estabas equivocada, la persona que me llama es algo así como mi novio. Empezó como algo "light "pero la situación parece que está cambiando. Hoy de noche nos vamos juntos a Colonia.

-Me alegra escucharte, solo espero que esa persona te brinde el valor que tienes. Eres un ser humano maravilloso y mereces ser feliz. Has pasado muchas cosas en tu corta vida.

-Gracias, abuela-sonrió el joven conmovido.

-Ahora dime el nombre y a qué se dedica.

 -Román Guido, y tiene empresas de insumos informáticos. Nos conocimos durante una entrevista.

-¿Ramón Guido?-tartamudeó la mujer Escuché hablar de él, ¿pero, no es un hombre mayor?

-Tiene cuarenta y tres años. Sé que parece esa gran diferencia, pero es muy juvenil .Y tú mismo dijiste que el abuelo se llevaban unos cuántos años, ¿te sucede algo? Has quedado pálida. Imagino que quedaste impresionada por la noticia.

-Perdona. Solo pensaba si será el hombre adecuado para ti. Eres tan joven, tan lleno de vida-exclamó callándose de inmediato al recordar lo que sabía sobre la salud de su nieto.

-Es un hombre sorprendente, de cualquier forma no estoy seguro de que sea algo permanente. Por varios motivos.

-¿A qué te refieres?-susurró Daniela mientras jugaba con una servilleta.

 -Hay algo más, abuela. En cuanto a mi salud.

-Continua-ordenó la mujer entrecerrando los ojos.

-Tengo un problema hepático bastante complejo.

-Siempre lo supe-carraspeó.

-Pero es más grave de lo que crees- confeso el joven.

-¿Cuánto de grave?

 -Demasiado. Quizá precise un trasplante. O no pasaré el invierno.

 -Debes estar equivocado, tiene que ser un error-sollozó la mujer olvidando los lapidarios análisis que había leído.

-Lamentablemente no lo es, ¿comprendes porque Román es tan importante? Con seguridad, no tendré otra oportunidad para vivir el amor.

-Por favor querido. Cállate, ¿o deseas matarme antes de tiempo?

-Lamento haberte dado este disgusto. Sé lo que pasaste con mamá, y ahora conmigo. Pero todavía hay una esperanza.

-¿Ese tal Román lo sabe?-preguntó secándose las lágrimas.

-No.Y si el asunto se pone irreparable desapareceré de su vida. Le diré que hay otro hombre en mi vida.

-¿Hablaste de una esperanza, qué quieres decir?

-El lunes veo al Doctor y le llevaré los últimos estudios Allí veremos.

-Me gustaría acompañarte.

-Lo siento. Es algo que debo hacer y decidir solo.

-Como digas, caprichoso como tu madre. Y ahora por favor, pide la comida. De pronto me dio un hambre impresionante. Debe ser la ansiedad.

-De acuerdo, Abu. Eres una genia.

-Pero ese hombre…

-Abuela, por favor-acotó Charles con seriedad.

-*"Debo tener la postergada conversación con el Doctor, tal vez mi hígado sirva para un trasplante...Aunque con mi diabetes y presión alta lo dudo, eso sin contar la edad. Y debo averiguar todo sobre el tal Román. Espero que mi memoria me esté jugado una mala pasada"*

-Abuela, te has quedado callada. Por favor...

-Llama al mozo. Está tardando demasiado -rezongó intentado borrar la preocupación de su nieto.

-Tienes la carta delante de tus ojos, está esperando que pidas-musitó Charles resistiendo la risa.

 Cerca de las diecinueve, Charles tomó su mochila y se encaminó a casa de su amante.

-Abuela, nos vemos el lunes-exclamó besándola cariñosamente

-Cuídate. ¿Llevas tu medicación?

 -Claro que sí-asintió.

-¿Llevas preservativos y lubricante? Imagino que el veterano no te dará descanso.

-Eres tremenda, abuela-exclamó enrojecido.

-Fui joven alguna vez. Y ahora vete de una vez o el hombre infartará al ver que no llegas.

-Hasta luego-respondió sacudiendo al cabeza.

-Pensándolo bien, quizá deberías regalarle vinagra .A esa edad y con carne joven nunca se sabe.

 -Adiossssssss-exclamó Charles sin detener su marcha.

-"Ahora que s e ha ido debo hablar con el Doctor Elbam.Quiero saber a qué atenerme"-afirmó la mujer recobrando la seriedad.

Charles tocó el portero eléctrico del edificio para dirigirse directamente a los brazos de su amante.

-Te extrañé-susurró este abriéndole la puerta del ascensor. ¡No imaginas cuanto!

-También yo-pensó Charles sin decir una palabra. Ya estoy aquí, tenemos mucho tiempo para disfrutar juntos.

-Estoy seguro que será insuficiente -comentó apoyando al frente sobre la de su amado. Entremos, o te desnudaré en el corredor.

-No quiero ir preso. Vamos -admitió.

-Esto se me fue de las manos-reconoció Román sosteniendo al dormido joven entre sus brazos. Me enamoré como un idiota, y él no ha dicho una palabra sobre estas tres letras .Pero es mi culpa, insistió en que no quería compromisos. Tal como yo antes de conocerlo.

Apenas amaneció, la pareja salió sin titubear hacia Colonia del Sacramento. Ciudad histórica ubicada al suroeste de Uruguay.

Charles permaneció descansando en el Hotel durante la conferencia matutina de Román y luego salieron a recorrer juntos la hermosa ciudad.

-He visitado este lugar muchas veces, pero cada vez le encuentro algo maravilloso que me llama la atención. Esta vieja Plaza de Toros tan perfectamente remodelada es una verdadera joya-comentó Román.

-Deduzco que no habías estado por aquí.

 -Al principio, cuando estaban comenzando a arreglarla. ¡Quedó bellísima!

-Yo vine algunas veces con mamá, pero como sabrás hace muchos años-comentó Charles aprontando la moderna máquina que le había regalado su novio.

-Así es. Y cambiando de tema, ¿qué te gustará hacer esta noche?- preguntó Román siguiendo a su compañero que no paraba de sacar fotos.

-Ir a bailar. Es algo que nunca hicimos.

-Pero soy un poco grande para ir a discotecas-
comentó Román con tristeza.

-¿Quién hablo de discotecas? Tampoco me
gustan .Debe haber algún sitio romántico, para
gente de mediana edad.

-Gracias por lo que me
toca.Averiguaremos.Ahora sigamos recorriendo
la plaza. Y luego buscaremos un lugar para
almorzar-carcajeó Román.

El pub "Vieja Historia" resulto el elegido por la
pareja. Tras una intensa deliberación se
decidieron por este lugar céntrico, en el cual
había una parte para comer y otra donde los
comensales podían disfrutar los mágicos Old
Hits de los 70.

-Bailemos-exclamó Charles al escuchar una
romántica canción ¡Amo esta melodía!

-September Morn.Neil Diamond-suspiró Román
siguiéndolo tras un segundo de duda
.Inolvidable.

-Quien lo hubiera dicho, pensé que no conocías
este tipo de canciones.

-Me encanta este tipo de música. No nací en una computadora, niño-sonrió al sentir los cálidos brazos de su compañero alrededor de la cintura.

-Lo sé-asintió este apoyando su cabeza sobre un hombro de Román, que ni corto ni perezoso lo apretó contra su cuerpo.

-Jamás lo hubiera imaginado-exclamó Charles sorpresivamente.

-¿A qué te refieres?

-A qué podía enamorarme de esta forma – susurró bajando la guardia ante el hechizo del momento. Ojalá te hubiera conocido antes así tenía más tiempo para demostrártelo.

-Yo soy quien debería decir eso-asintió Román. Y también te amo como un loco. Y no iré a ningún lado sin ti. Estamos en el momento justo-respondió besándolo nuevamente.

-Espero tengas razón-susurró Charles con nostalgia.

-La tengo, puedes estar seguro-sonrió besando el aromático cabello del joven. Y en un rato, regresaremos a nuestra habitación, deseo demostrarte la veracidad de mis palabras.

-Me gusta esa idea. Continuaremos bailando en el lecho-respondió Charles reflejándose en las azules pupilas de Román

El lunes a las ocho en punto de la mañana, Charles escuchaba el diagnóstico del médico sin decir una palabra.

-Pensé que tendría buenas noticias, no me he sentido mal desde mi última visita.

-Lamento ser portador de estas espantosas novedades, pero la enfermedad sigue avanzando. Los medicamentos y la dieta le dan la sensación de que ha desaparecido, pero es transitorio.

-No puede ser –rompió en llanto Charles. ¡Necesito vivir! Ahora más que nunca.

-Haremos lo siguiente. Te internare varios días e intensificaremos el tratamiento, vitaminas, nuevos medicamentos. Y si esto no, intentaremos el trasplante.

-Lo cual será un milagro, ya que hay mucha gente en la lista.

-Respecto a este tema, debo hacerte un comentario-carraspeó el hombre.

-¿Algo peor todavía?

-Hace unos días llamó tu abuela y dijo que estaba informada de la situación, y se ofreció como donante, pero no podemos aceptarla. No solo por la edad sino porque tiene varias enfermedades crónicas. Sería perjudicial para ambos.

-Mi querida abuela-sonrió con dulzura. Ese tratamiento que me ofreces, ¿ha dado resultado?

-Algunas veces sí, otras ha extendido a la vida del paciente hasta encontrar un donante certero. Si fuera yo, lo intentaría... Puedes pensarlo y contestarme en próximos días, pero no te demores.

-¿Cuándo me internas? –decidió Charles observando el rostro de Román aparecer en la pantalla de su celular.

-Mañana mismo, si deseas. Corremos contra el tiempo.

-Estaré aquí a primera hora. Venceremos a la muerte-exclamó Charles con optimismo.

-Esa es la actitud-aplaudió el Doctor.Te daré la orden de internación y en cuanto ingreses comenzaremos.

-Hasta mañana, Doc-sonrió disponiéndose a salir para atender el teléfono. Hola, Román-saludó cariñosamente a su novio. Justo iba llamarte, tengo que salir mañana temprano para el interior por unas entrevistas a una estrella de Rock argentina que está escondida en el país... Estaré fuera unos días.

-¿Así de la nada?-peguntó el hombre. ¿Cuántos días será?

-Una semana, diez días...hasta que dé con su paradero.

-Justamente pensaba que el próximo fin de semana iríamos a la boda de mi prima en Buenos Aires.

-Lo lamento muchísimo, pero, es muy importante que la ubique. Mi profesión está en juego -incitó conteniendo las ganas de confesarle lo que sucedía realmente.

-Entiendo, avisaré a mi familia que iré solo. – asintió desilusionado. Podríamos vernos esta anoche, y mañana te alcanzaría hasta la estación de interdepartamentales.

-Imposible, tengo que armar mi plan de acción.

-Comprendo, llámame cuando puedas- respondió con frialdad.

-Debe imaginar que me estoy aburriendo, o que soy un chico inconstante .Mejor así, no sufrirás si esto no tiene arreglo-suspiró sintiendo que el agotamiento invadía su corazón.

Román tomó su chaqueta del perchero y se abrigó para ir a comer algo rápido cerca de la oficina.

-Fui un tonto en hacerme ilusiones.Un muchacho joven y exitoso, ¿qué podría querer con un solitario patético como yo? No puedo ofrecerle nada que ya no posea. Pero parecía tan sincero, por un momento pensé que me amaba"-susurró observando golpear a las primeras gotas de lluvia contra el vidrio de su despacho. Gotas tan fuertes como el dolor que sentía.

.

Dime que somos, amor...

Dime que somos, amor,
antes de entrar en tu piel,
y fundirme con tu voz,
trino hasta el amanecer,

Capítulo VII

Charles salió del consultorio y se encaminó
directamente hacia el Diario. Era hora de
conversar con su jefe y contarle lo que estaba
sucediendo con su salud.
-Debo pedir licencia por enfermedad...Quién
sabe cuándo retornaré a mi empleo... Pero de
igual forma seguiré escribiendo la columna. Me
hará bien distraerme y sentirme apoyado.

-Charles-sonrió Alberto. Me dijeron que deseabas conversar conmigo.

-Así es. Necesito comentarte algunas cosas.

-Pasa, imagino que nos era otro aumento-bromeó el hombre.

-Para nada, más bien se trata de solicitar vacaciones.

-¿Para casarte? Me contó un pajarito que andabas enamorado de alguien que conociste gracias a mí.Imagino que seré el padrino.

-Ojala fuera por eso. En realidad debo internarme, mi afección va aumentando y desean aplicarme un tratamiento experimental.

-Lo lamento mucho, hijo-susurró Alberto con pena. Pensé que estabas mejorando.

-No quiero que nadie lo sepa, sería terrible sentir la compasión de la gente cada vez que me hablaran. Te suplico guardes discreción.

-Por supuesto. Y tómate todo el tiempo que precises. Ya mismo llenaremos el formulario correspondiente.

-Gracias. Y si alguien pregunta por mí dile que
fue de viaje por trabajo. Eso es lo que prefiero
que piensen todos.
-De acuerdo. Imagino que eso comprende a tu
novio.
-A él más que a nadie, es un hombre joven y
exitoso. No puede estar atado a un tipo que no
sabe si estará vivo la próxima primavera.
-Creo que estás cometiendo un error. Estar en
pareja supone acompañar en enfermedades y
alegrías, todos debemos estar preparados.
-Pero hace poco que salimos. Y no es una
relación seria. Por favor
-Será como tú quieras-aceptó Albertos in querer
contrariar al muchacho.
-Te agradezco tu deferencia.
-Eso sí, prométeme que me mantendrás
informado, y no dudarás en llamarme si precisas
algo. Lo que sea. Aun un pedazo de hígado de
este loco que tanto te quiere.
-Te doy mi palabra-asintió el conmovido
Charles.

-Haré algo mejor. Iré al sanatorio y me inscribiré como donante. Tuve cáncer de próstata hace años, pero ya estoy bien.

.-Yo… no sé qué decir-sollozó Charles abrazándolo.

-Saldrás de esto, estoy seguro.

-Dios te oiga, amigo.

-Lo hará, puedes estar seguro. Saludos a tu abuela, la   llamaré esta noche.

-Con gusto se los daré en cuanto la vea.

-Esa mujer es especial, ha tenido una vida muy difícil. Otros no hubiéramos resistido tantos disgustos.

-Pobre abuela, todavía no sabe nada. Veremos cómo lo toma.

- Lo soportará, como te dije, Daniela es muy fuerte, más de lo que crees.

-Lo sé, y ahora te dejo. Tengo mucho que hacer antes de internarme.

-Entiendo-asintió acompañado al joven hasta el pasillo. Y recuerda: Puedes contar conmigo-comentó observando a su secretaria metida dentro de la pantalla de la computadora.

-Lo tendré en cuenta. Y otra vez, gracias-asintió Charles marchándose cabizbajo.

-Marisa -carraspeó Alberto casi enseguida. Por tu rostro magino que escuchaste la conversación.

-No quise hacerlo, pero fui a entregarle unos papeles y gritaban demasiado.

-Entonces habrás entendido bien. Ni una palabra a nadie, tu empleo estará en juego si mencionas algo sobre el tema, ¿está claro?

-Sí, Señor. No era necesario que me amenazara, sabe que jamás perjudicaría a Charles.

-Lo sé, perdona. Todo esto me ha puesto muy nervioso-se retiró Alberto sin hacer más aclaraciones.

Charles abrió los ojos y sonrió al ver dormitar a su abuela en la cama de los acompañantes. La mujer no se había movido de su lado desde que entró al Hospital, hacía ya casi cuarenta y ocho horas.

De nada valía que el muchacho insistiera en que se encontraba perfectamente, la mujer se había instalado en la habitación privada del Hospital Inglés y era un hecho que nadie la sacaría del Sanatorio hasta confirmar que su nieto estaba siendo atendido como correspondía.

-Entramos juntos y nos iremos juntos. Hablé con Alberto y se inscribió como donante, pero no creo que lo acepten. No solo por la edad, sino por las "nanas". Que ha tenido. Pero encontraremos un donante, ya lo verás.

-Yo también –respondió el muchacho para darle ánimo.

Seis días después, Charles consiguió que Daniela fuera a dormir a su casa, con la excusa de que necesitaba soledad para trabajar.

-Tengo que escribir y no puedo hacerlo contigo aquí. Por favor…

-M e iré porque veo que perturbo-rezongó la mujer .Pero vendré todas las mañanas a primera hora. Y me quedaré hasta que almuerces, quiero asegurarme que te alimentas bien...

____

-Excelente idea. Te estaré esperando-sonrió satisfecho.

 "Dije la verdad, necesito estar un poco solo o Mark no podrá continuar su historia. Y ella precisa seguir con su vida"-sonrió acomodándose en la cama para comenzar su nota. Bien, ¿dónde quedamos?-pensó en cuanto Daniela se marchó.

"Queridos amigos:

.Espero se encuentren bien.

Quería comentarles que pasé un fin de semana maravilloso. Billy es mucho más de lo que creí, me declaro profundamente enamorado de este hombre al que conocí haca ten poco... Les cuento que en un momento de debilidad le confesé que estaba enamorado, y él admitió corresponder a este sentimiento.

Pero...siempre hay un pero en estos casos que impide que el amor continué.

 Mi enfermedad avanza, y no creo que yo logre pasar el invierno. En este momento estoy internado para hacerme un nuevo tratamiento, y si no da resultado, un trasplante.

*Billy no merece pasar este trance tan doloroso,
por lo que inventé un viaje de trabajo. Y solo
regresaré con él si mejoro.*

*Prefiero que me recuerde como el hombre que
fui, y no como esta piltrafa humana que se va
apagando de a poco.*

*La tristeza me impide continuar escribiendo, así
que será, hasta la próxima.*

Gracias por estar.

Mark"

Charles se secó las lágrimas y cerró su
computadora. Conocía de antemano las
respuestas: Tenía que seguir luchando .Pero,
¿valdría la pena?-suspiró cerrando los ojos,
escuchando una suave voz que insistía en que
debía seguir pelando por su vida. Como tantas
veces lo había realizado; ahora más que nunca.

-Debo ser fuerte, las personas que me aman no merecen este sufrimiento .Por lo menos, resistiré el invierno. ¡Añoro tanto ver la primavera!-decidió contemplando volar las hojas de los últimos días de otoño por el amplio ventanal del Hospital.

Román ojeó su almanaque comprobando que Charles ya debería estar de regreso. Estaba extrañado, no había recibido ni una corta llamada ni un mensaje en estos casi diez días.

-Es como si se lo hubiera tragado la tierra. Ni siquiera en el Diario han podido decirme donde está o cuando regresa. Sé que debería toma su ausencia como una clara indicación de desinterés, pero no puedo hacerlo. Mi única esperanza es su abuela-decidió tomando la llave de su vehículo para ir hacia la casa donde vivía el joven con Daniela.

Una vez en la puerta de la dirección que Charles le había dado, tocó timbre, y tras varios minutos de espera, una elegante mujer salió a atenderlo.

-Buenas tardes-saludó esta con amabilidad.

-Hola. Disculpe la molestia, pero estoy buscando a Charles. Soy...

-Sé quién eres, Román .Pasa.

-Veo que me conoce. Imagino que usted es la abuela de Charles.

-¿Tanto he cambiado que no me identificas? Soy Daniela, la madre de Magda. Y Charles es su hijo afirmó la mujer.

-No puedo creerlo...susurró el hombre. Ahora que te veo... ¿cómo no recordarte?

-Los años han pasado, querido. ¿Cuántos han sido ya? Más de veinte creo.

-Desde que...nació Charles. Y ahora qué te miro con detenimiento, puedo decir que tu nieto es muy parecido a ti.

-Eso dicen, me hubiera gustado conocerlo de bebé-suspiró la mujer indicando al recién llegado que se sentara.

-Daniela...Siento mucho lo que ocurrió con tu hija, y no dejé de sentirme culpable desde el accidente. Si no hubiera sido por mi participación, quizá, ella estaría viva-comentó Román acomodándose en un sillón.

-Lo dudo. Mi querida hija padecía una afección mental muy particular, algunos médicos decían que era bipolar, otros estudiaron la posibilidad de una esquizofrenia leve. Pero nunca lo supimos exactamente. Se dieron casos parecidos en la familia de su padre, y seguramente mi hija heredó algo de ellos. Por suerte Charles no ha presentado síntomas de ese tipo, aunque se temió que podría haber heredado la enfermedad por algunos episodios que vivió en su adolescencia.

-¿A qué te refieres?-preguntó Román con preocupación.

-Casi al quedar a mi cuidado, tuve que internarlo en una clínica de rehabilitación por sobredosis, además de alcoholismo. Chocó con su coche completamente borracho y casi mata a dos personas…Era la clínica o la cárcel. ¡Pasó un año entero encerrado!-sollozó.

-Por eso no bebe –recordó el hombre.

-Pobre Charles, quedó conmigo cuando su madre murió, en plena adolescencia. Y no fue fácil para ninguno de los dos-continuó la mujer como si hablara consigo misma.

-Me enteré sobre el accidente de Magda, pero no tuve coraje para saludarte. Fui un cobarde, deberás perdonarme-afirmó un compungido Román. Magda fue una amiga muy querida, pese a todo, tenía un gran corazón.

-Pero eso quedó atrás, y ahora mi nieto es lo que importa. No puedes seguir con él-afirmó contundente.

-Sé que le llevo veinte años, y que hasta ahora he sido un picaflor .Pero lo amo y deseo casarme con él.

-Eso es imposible. Charles podría ser tu hijo, ¿comprendes? Al poco tiempo de que dejaste con Magda nació mi querido niño, ¿comprendes?

-Ya te comenté que la edad no significa nada para nosotros-insistió Román. Debes creerme.

-Creo que no has entendido lo que trato de decir. Literalmente, Charles podría ser tu hijo. Y de Magda. Ya es bastante malo que se hayan acostado juntos, como imagino que ocurrió.

-A ver si entendí bien. ¿Estás diciendo que yo…soy el padre de tu nieto?

-Hay una posibilidad. Iba llamarte para conversar acerca del tema, pero justo Charles tuvo que irse de viaje. Y lo olvidé.

-Querida Daniela-sonrió el hombre. Lo que dices es una gran equivocación, yo nunca tuve nada con tu hija.

-Pero salían juntos…Y acabas de decir que te sientes culpable por su accidente. Pensé que era porque terminaron su relación.

-Si me hubieras dejado terminar la explicación comprenderías mejor la situación. Conocí a tu hija en la Facultad y nos hicimos grandes amigos. En una fiesta tuve la mal idea de presentarle a un viejo amigo, Manuel, quien en ese momento estaba separado. Y casi enseguida, comenzaron a salir. Pero al tiempo Manuel regresó con su esposa, y ella, tuvo a nuestro Charles.

-Oh, Dios, nunca me contó esa historia. Cuando me dijo que estaba embarazada creí que era tu hijo. Yo me angustié mucho a la escuchar la noticia, y dije cosas que no sentía, hacía poco había muerto mi querido Pedro y estaba desesperada. Apenas despertarme fui a pedirle disculpas, a darle mi apoyo. Pero ya no estaba. La busqué y al encontrarla, le pedí que regresara, pero no lo logré. Volví a ver a mi nieto cuando cumplió dieciséis años. Ya sabes el motivo.

-Debiste hablar conmigo desde el principio, yo te hubiera aclarado la situación. Una pena.

-¿Entonces que tienes que ver tú con de la muerte de mi hija? ?Dijiste que eras culpable- insistió la mujer.

-Yo le presenté a Manuel conociendo la situación que estaba pasando, pero no imaginé que comenzarían a salir. Sin embargo, traté de ayudarla cuando me enteré del embarazo. Incluso quise hablar con mi amigo para pedirle apoyo, pero ella se negó rotundamente. Al poco tiempo la perdí de vista, y más tarde viajé al extranjero. Nunca me acosté con ella, mi única mujer fue en la adolescencia. Allí comprendí que era Gay.

-¡Dios Mío, cuántos errores por no hablar a tiempo! Debí haberte pedido esta aclaración hace veinte años, también fui cobarde. Y más tarde, cuando me reencontré con mi nieto, tuve miedo de que te lo llevaras.

-Todo mal- acotó Román. Pensar que me habrás odiado durante todos estos años-

-¿Odiarte? Imposible, tenía a Charles como legado. ¡Era tener una parte de mi hija conmigo!

-Todo esto. Es increíble-musitó el hombre.

-Ya lo creo. Dime, Román, ¿sabes dónde podríamos encontrar al padre de Charles?- preguntó Daniela esperanzada pensando en un posible trasplante.

-Murió hace unos años de cáncer al hígado. Intentó conectarse con Magda al enterarse de la existencia de Charles pero fue imposible.Priemro no la ubicó, y luego su esposa amenazó con abandonarlo. Y él dependía económicamente de esta.

-Quizá tuvo algún otro niño.

-No.Su esposa no podía tener hijos. ¿A qué vienen tantas preguntas?

-Simple curiosidad, quizá mi nieto tiene un hermano y no lo sabe-respondió la mujer ocultando su desilusión.

- No que yo sepa-afirmó Román.

-Comprendo. ¿Quieres un café? Perdona mi grosería de no ofrecerte nada.

-No gracias, Por lo que cuentas, imagino que Charles te habló de mí y te dijo que nos amábamos.

-Algo así-sonrió abiertamente.

-¿Y qué piensas?-inquirió Román con cautela.

-Solo pedirte que lo hagas feliz. Sufrió demasiado.

-Para eso debo encontrarlo y saber porque no me llama. Tal vez puedas ayudarme a ubicarlo. ¡Lo he buscado por todas partes!

-No lo sé, Román. Lo vi muy nervios los últimos días. Y de un día para otro comentó que tenía que realizar un trabajo en el interior.

-¿Se encuentra bien, Daniela?

-Si piensas que podría tener la enfermedad de su madre, la respuesta es negativa Esta perfectamente-mintió.

-Bien, dile que vine a buscarlo, pero ya no volveré. Si siente algo por mí, como afirmó, que me busque. Lo estaré esperando-susurró el hombre dirigiéndose a la puerta de salida.

-Román. Charles te ama más de lo que tú crees.

-Pues no lo parece. Adiós, y gracias por recibirme-se retiró el hombre intentando no llorar.

-Fue bueno verte. Y aclarar las cosas, querido amigo-susurró la mujer.

Daniela llego al Sanatorio decidida conversar con su nieto y se sorprendió al hallarlo armando su bolso.

-¿Qué sucede? ¿Ha terminado el tratamiento?

-SIP. Nos vamos a casa. El lunes me reintegro al trabajo.

-Me hubieras llamado para que te viniera a buscar.

-Necesitaba estar solo, ¿acaso no lo entiendes? Vete de una vez y no me molestes.

- Por tu carácter imagino que los resultados no fueron los esperados.

-Debo esperar el trasplante, el Doctor admitió que los últimos informes no eran satisfactorios, y quería que me quedara una semana más para probar otro tratamiento diferente. Estoy harto, deseo regresar a mi vida normal y esperar…lo que el destino me tenga preparado.

-Estuvo Román a verte. Ese hombre te ama, quizá debas darle una oportunidad-afirmó con severidad.

-No puedo creer que se haya atrevido a tanto-
comenzó a llorar Charles dejándose caer sobre
la cama.

-Está desesperado, piensa que no lo amas y hay
otro en tu vida -susurró Daniela acariciando el
cabello de su nieto.

-Mejor así-resopló Charles retomando su tarea.

-Debo confesarte algo: Era muy amigo de tu
madre, tanto que yo pensé que podría ser tu
padre. Por eso mi negativa cuando me hablaste
sobre tu relación. ¡Quedé horrorizada al pensar
qué te estabas acostando con tu propia sangre!

-.Siempre me pareció extraño que la edad fuera
un impedimento para ti.

 -Iba a llamarlo cuando decidiste internarte. Y
luego apareció imprevistamente por casa.

-¿Te dijo qué ocurrió con mi padre?

-Lamentablemente murió hace unos años, sin
descendencia.

-Una pena, pese a todo, me hubiera gustado
conocerlo.

-Parece que lo intentó antes de morir, pero no pudo hallarte. *"Y si hubiera vivido lo suficiente quizá, hoy tendríamos un posible hígado que te salvara la vida"*-pensó la mujer sin decir nada.

-Bien, nos vamos-acotó Charles levantando su bolso.

-Como digas, pero quizá…

 -Deja todo como está, abuela. Y perdona mi brusquedad. Te quiero mucho.

-También yo. Y no dejaré que la maldita muerte se lleve por tercera vez lo que más amo ene este mundo -comentó la mujer con un brillo especial en sus ojos.

-Querida abuela, recemos para vencerla-balbuceó Charles tirándose a los brazos de la mujer.

Esa tarde, luego de ordenar su ropa, Charles se puso un saco de lana y un gorro y decidió salir a caminar un rato.

-Querido, ¿a dónde vas? ¡Hace un frio terrible!

-Pasearé un rato, necesito aclarar mis ideas.

-Abrígate bien. La noche se pondrá peor aún.

-No te preocupes, tengo mucha ropa-sonrió tomando sus guantes de lana.

-Bien. Cuídate.

-Claro -sonrió con dulzura dirigiéndose a la salida.

-Olvidas las llaves de tu auto.

-Me tomaré un ómnibus. Quiero perderme en la ciudad sin pensar en el tránsito. Hasta luego.

-Adiós-suspiró Daniela.

Charles bajó del colectivo y se dirigió a la cuadra donde vivía su amor. La luz de las estrellas y del cercano puerto daba un toque especial a las oscuras calles. A lo lejos, se vislumbraba como un punto lejano y brillante el cerro de Montevideo.

-Tiene la ventana abierta. Es verdad que no la baja nunca para ver el resplandor de las luces sobre la ciudad. Quizá, podamos conversar un rato… –resolvió Charles emprendiendo la marcha para detenerse bajo un árbol de la plaza Zabala. Parece que hay alguien con él-susurró observando al extraño que salía a fumar al balcón. Está bien, debe seguir con su vida-emprendió la retirada mientras Carlos apagaba el pucho y retornaba el living sin imaginar lo que había sucedido en ese segundo.

-Cierra bien el ventanal-rugió Román en ese momento. ¡Qué no entre el asqueroso humo!

-Ya va, loco. Espera a que entre-acotó su amigo

quiero volverme canción,

contar de nuestro placer,

enamorarme de vos,

cada minuto otra vez,

<u>Capítulo VIII</u>

-¿Estás decidido a ir al Periódico? Creo que deberías olvidar el asunto, ese chico parece haberte olvidado-susurró Carlos .¡Encontrarás el verdadero amor!

-Parece que no comprendes, él es el amor. Y su abuela me lo confirmó. Algo pasa y me lo estoy perdiendo.

-Quizá no sea la persona que crees –sugirió Carlos tímidamente.

-¿A qué te refieres?

- Cuando vi que estas enamorándote hice algunas averiguaciones.

-¿Quién te dio permiso?-rugió Román.

-El afecto que siento por ti. Hace muchos años que somos amigos, te vi luchar día a día hasta alcanzar el éxito. Y cuando lo hiciste, me llevaste contigo. Eres una gran persona, y no iba a permitir que un joven "caza dinero" te arruinara.

-Entonces estarás enterado de su pasado .Y también que hace mucho que ni bebe ni se droga.

-Y también que tiene el suficiente dinero para no pretender el tuyo. Pero quizá lo pensó mejor y decidió continuar con su vida…solo.

-Hablaré con él. Y si me mira a los ojos y dice que no me ama lo dejaré tranquilo. Aunque me quede el corazón hecho pedazos.

-¿Y cómo sabes que regresó a su empleo?

 -No lo sé. Pero iré todos los días al periódico, dormiré en la puerta del edificio si es necesario. Algún día retornará.

-Buena suerte, hermano-susurró Carlos golpeándole cariñosamente la espalda.

Charles estaba organizando el cajón de su escritorio, cuando escuchó el mal humorada voz de Marisa llamándolo

 -Charles, está nuevamente el hombre del cual te hablé, ese que se ha presentado casi todos los días en la última semana. Será mejor que lo atiendas de una vez, o no nos dejará en paz.- susurró Marisa frunciendo el ceño.

-¿No dijo su nombre?-susurró el joven fingiendo desinterés.

-No quiso decirlo, aunque me parece conocido.
¿Qué le digo?

-Hazlo pasar...Así terminamos con esta
molestia.

-¡Al fin! Lo voy a buscar antes de que te
arrepientas -asintió la mujer saliendo como
disparada.

-Hola, Charles. Al fin te encuentro.

-Román, ¿Cómo has estado?-preguntó el
aludido sin dejar de revisar unos papeles.

-Extrañándote, preguntándome a cada momento
que hice mal para que huyeras de mí.

-No hui, simplemente fui a un viaje de trabajo.
Te comenté sobre el tema.

-Pero no me llamaste ni una sola vez, es como
si m hubieses olvidado.

-¿No has pensado que quizá quería poner
distancia para aclarar mis sentimientos?-
comentó Charles enfrentándolo.

-¿Y lo hiciste?

-Hay otra persona, Román. Perdóname.

-Mírame a los ojos y dímelo de frente. No huyas,
Charles.

-NO HUYO. Estoy harto de que me acoses, has estado toda la semana espiándome. ¡Ya no he sabido donde ni como esconderme!

-¿No crees que salir y decirme la verdad hubiera sido más sencillo? Para los dos.

-Supongo que tienes razón, pero me daba lastima. ¡Pensé que nuestra relación sería algo pasajero, no imaginé que lo tomaras en serio!

-Dijiste que me amabas.

-Me equivoqué. ¡Ten dignidad y déjame tranquilo!

-La perdí hace rato, quizá desde que me enamoré de ti. Es hora de recobrarla. Adiós Charles, lo mejor para ti-salió dando un portazo.

-Adiós, Román. Algún día me agradecerás-murmuró el joven rompiendo en llanto.

-Estás cometiendo un error .Vi al Ingeniero Guido saliendo muy apesadumbrado saliendo de aquí, no me reconoció. Estoy al tanto de que hace días te busca, y creo que debiste decirle la verdad-argumentó Alberto.

-¿Y qué le digo? "Preciso un donante que no aparecerá, me quedan dos meses de vida. No pasaré el invierno"

-Y aunque así fuera, él tiene derecho a decidir qué hacer. ¡Eres un egoísta, amigo!

-No te metas. Por favor, Jefe, ¡déjame tranquilo! ¡No me lo hagas más difícil!-rogó Charles.

-Shhhh.Perdona, tienes razón. Estoy seguro de que todo se encauzará adecuadamente.

- Gracias por aguantarme .Eres demasiado optimista.

-Tengamos fe. ¡Tiene que aparecer un donante!-gritó Alberto enfurecido.

 Román entró a su empresa y fue directamente en busca de Carlos.

-¿Cómo te fue?-preguntó este al verlo entrar. Tú mirada lo dice todo, no te preocupes…

 -Acabo de terminar con Charles, tenías razón, me confirmó que no me amaba, hay otra persona .Es el final.

-Cálmate, amigo. Eres un ser humano muy valioso. Él pierde.

-¿Estás seguro? Parece que tuviera el corazón en pedazos-musitó cayendo sobre su silla con la cabeza entre las manos.

-Lo reconstruiremos. Yo te ayudaré. Espera un minuto, debo llamar a mi esposa para avisarle que conseguí el periódico, está como poseída siguiendo las columnas de un tal Mark que cuenta su historia de amor en el Diario Impulso Matutino. Parece que le queda poca vida, y necesita apoyo. ¿Quieres leerla? Así te distraes.

-No estoy para tonterías. Debe ser un fraude.

-Puede ser, pero ni imaginas la cantidad de respuestas que ha recibido. Debo confesar que espero los martes para leerla. Escucha esto:

"Pasé un fin de semana maravilloso junto a Billy.

Pero tuve que decirle que me iba de viaje...

-Déjame tranquilo, espera un minuto, dijiste, ¿Billy?-titubeó Román parando la oreja

-Así es, deben ser nombres ficticios.

-Continua leyendo, por favor.

-Parece que te gustó la nota.

-Sigue –rugió.

-Está bien, no te enojes. *"Desde que partí, me ha buscado por todos lados…*

-*"Todo coincide: el fin de semana juntos, su sorpresivo viaje. Y especialmente Billy, ese fue el nombre que me dio una vez"* –pensaba Román prestando atención a la lectura.
-Te has quedado callado, ¿Qué pasa por tú cabezota?
-Un presentimiento que explicaría muchas cosas. Necesito que me hagas un favor.
-Si puedo-susurró Carlos arqueando una ceja.
-Usa tus influencias y llama al Diario. Quiero saber el nombre de quien escribe estas historias.
-Te has vuelto loco, ¿para qué deseas saberlo?
-Estoy casi seguro de que ese escritor es mi Charles. ¡Más que casualidad….narra todo lo sucedido entre nosotros!
-Si mi opinión sirve de algo, pienso que te encuentras desquiciado.

-Puede ser, pero la única forma de saberlo es preguntando el nombre del escritor. Por favor, sabes que no te lo pediría si no fuera absolutamente necesario. Además, la Secretaria del Director es casi amiga tuya. Le concedí varias entrevistas especiales los últimos tiempos. Y tú fuiste el intermediario.

-Lo hiciste por Charles, para que no perdiera el empleo.

-¿Lo ves? No hay duda, él es Mark…

-Está bien. Llamaré ahora mismo con tal de no escucharte. Y si es como dices, y fuera la misma persona, podría estar reinventando toda esta historia para adquirir fama.

-Yo decidiré eso. Haz lo que te digo.

-Bien, pero déjame solo. Me pongo nervioso si me mira cuando trabajo.

-Estaré en mi despacho. Por favor, insiste.

-Te lo prometo. En un santiamén tendrás la verdad.

-Te debo una –sonrió Román. *"No sé si desear que sea o no, porque si se confirma lo que pienso, significa que mi Charles está muy enfermo"*

-Buenos días, ¿Marisa?-fue lo último que escuchó Román.

Quince minutos más tarde, Carlos se sentó frente a su amigo.

-¿Y, que obtuviste?-preguntó un impaciente Román.

-Tenías razón. Es Charles, y está muy enfermo. Marisa no quería decírmelo, pero al final, no tuve más remedio que explicarle lo que sucedía, y me lo confesó con la condición de que nadie se enterara. Podría costarle el puesto. Te deseó suerte.

-¡Tenia una corazonada de que estaba en lo cierto!-gritó Román.

-¿Cuál es tu siguiente paso?

-Responder esa misiva, a partir de ahora seré su principal fans. Luego iré hablar con su abuela.

-Imagino que piensas postularte como donante.

-¿Tú qué harías en mi lugar?-preguntó Charles.

-Lo mismo que tú, ni más ni menos. Te dejo solo, debo llevar el periódico a mi esposa. Nunca hubiera imaginado que su fanatismo por Mark terminara de esta forma.

-Yo diría "comenzara", amigo. Esto recién está empezando.

-Te llamo luego-sonrió Carlos marchándose.

Román se sentó frente a su máquina, y tras un pensativo minuto se dedicó a escribir:

"Querido Mark:

Casualmente encontré tu columna y sentí la necesidad de responder y darte un consejo. Habla con Billy, dile la verdad, por lo que cuentas ese hombre te adora y lucharía contigo codo a codo. Quizá hasta se ofrezca como donante, nunca se sabe cuál puede ser la persona correcta. Pero debe darle la oportunidad de elegir que desea hacer con su vida. En eso consiste el amor.

Tuyo.

Anonimus.

-Ni en su más remoto sueño pensará que soy yo quien escribió esta nota, él sabe que yo no leo este tipo de cosas. Esperaré unos minutos a ver si responde, parece que contesta a todos sus lectores.

Quince minutos después, la respuesta estaba en el periódico...

"Estimado Anonimus

Gracias por tus palabras de consuelo y ánimo. Pero justamente por eso no le confieso la verdad. No quiero su lástima, y mucho menos que se sacrifique por mi culpa. ¿Qué hay si el trasplante sale mal y muere en la intervención? ¡Es muy delicada! Lo amo demasiado para condenarlo.

Prefiero que me crea un ingrato, es un hombre atractivo y triunfador, encontrará el amor nuevamente. "Si ya no lo ha encontrado"-suspiró Charles en silencio. Después de todo, este romance debió ser algo pasajero, no más de un invierno.

Espero leerte pronto.

-No lo dudes, Charles, estaré atento. Ahora más que nunca. Pero primero tengo algo que hacer como conversar otra vez con Daniela y conseguir el nombre del médico que te atiende. Eres demasiado caprichoso para aceptar que yo sea el donante-decidió apagando su computadora para salir de inmediato a lo de la mujer.

recibir la pasión,
savia fresca a tu merced,
pues a mi lado volvió;
como el amante más fiel.

<u>Capítulo IX</u>

-Debo cerciorarme de que Charles no se encuentre en casa. Por ahora, no debe saber que estoy al tanto de su enfermedad. Y para eso, lo mejor será llamar al Diario y preguntar si ha llegado a su empleo-resolvió comenzando a discar.

-Buenos días. Diario Impulso Matutino -le respondieron del otro lado luego de unos segundos de escuchar una cansadora musiquita.

-Necesitaría localizar a Charles Soler.

-¿Por qué motivo?

-Me prometió realizarme una entrevista y nunca llamó.

-Dígame su nombre. Veré si se encuentra en la lista de esta semana.

-Mauro Chafalle, locutor radial-inventó el hombre.

-Concédame un minuto por favor.

-Aquí estaré-asintió mientras otra melodía comenzaba a sonar. "Por lo menos esta es mejor"-suspiró.

-Disculpe la demora No lo encuentro en la lista de la esta semana, Señor.

-Debe haberlo olvidado, pregúntele por favor.

-Es que hoy no vino, salió temprano al interior por trabajo. Deme su número y le digo que en cuanto regrese se comunique con usted.

-¿Cuándo será eso?-fingió enojarse Román. Prometió que me vería antes del viernes.

-Pasado mañana, pero si se comunica antes, le avisaré. Con seguridad, debió olvidarlo.

-¿No tiene su celular?

-No damos números particulares, Señor

-Está bien, olvídelo -colgó abruptamente.

-¡Otro loco! Vaya a saber que quería. Será mejor que le cuente al jefe lo sucedido-acotó la recepcionista.

-Tuve suerte-sonrió Román. Charles me dejó el campo libre para comunicarme con su abuela. Espero se encuentre realmente de viaje y no internado-suspiró encaminándose rápidamente a casa de los Soler.

Román llegó a la casa de su novio y comenzó a tocar el timbre sin parar. Tras unos minutos, una desconocida miró por una pequeña ventanilla de la puerta y saludó con desconfianza.

-Buenas tardes. ¿Qué se le ofrece?

-Desearía hablar con la Señora Daniela. Dígale que soy Román Guido y es imprescindible platicar en este preciso momento.

-Veré si lo puede atender. La Señora justo se iba.

-Dígale que es urgente. Se trata de su nieto.

-Lo intentaré-asintió la empleada cerrando la ventanilla.

-¡Qué día tan complicado!-comentó Román conteniendo su impaciencia.

-¿Con quién hablas? ¡Otra vez olvidaron cerrar con llave el portón!-se escuchó rezongar a Daniela un poco más atrás.

-Hay un tal Román Guido que dese hablar con usted. Dice que es urgente.

-¿Román? Avísale que mi nieto no se cncuentra.

-Dice que viene hablar de él-explicó la mujer.

-Extraño. Hazlo entrar –exclamó Daniela.

Román estaba pro volar a tocar timbre, cuando la misma empleada abrió la puerta.

 - Pase-comentó esta sin enviar siquiera una mirada al recién llegado.

 -Permiso, Daniela, suerte que te encuentro. Necesitamos conversar-gritó el hombre dirigiéndose directamente hacia la dueña de casa.

 -Toma asiento. Graciela, puedes regresar a tus quehaceres.

-Sí, Señora-afirmó la mujer.

-Y bien, ¿en qué puedo ayudarte?

-Yo debería hacer esa pregunta. Sé todo lo que ocurre a Charles, su enfermedad y la necesidad de un trasplante-escupió Román en un santiamén.

-¿Cómo te enteraste? Él me pidió que no te dijera nada-tartamudeó Daniela.

-Eso ahora no interesa, quiero saber el nombre del médico y someterme a las pruebas necesarias para ver si puedo darle un "pedacito" de mi hígado.

-¿Tú harías eso por mi nieto?-sollozó la mujer.

 -Haría eso y mucho más. Amo a Charles con todo mi ser y ahora que lo encontré no quiero perderlo. E imagino que tú tampoco.

-No sé cómo viviré sin mi Charles- concordó Daniela.

-Si hubieras confiado en mí la primera vez que vine ya estaría todo solucionado, y Charles no correría peligro.

-No podía hacerlo, mi nieto me rogó silencio. Y yo no estaba segura de lo que sentías por él. Además, no sabemos si eres compatible.

-Podemos averiguarlo. Algo me dice que estoy en el camino correcto.

-Mi nieto no querrá que te involucre en este tema.

-Demasiado tarde, ya lo estoy... Y si i me dices lo que te pido, podremos aunar esfuerzos. Déjame se parte de esto, déjame salvar la vida al hombre que amo.

-Pero debe ser en secreto, Charles insistió en que no te dijera nada.

-Y no tiene por qué saberlo, avisa a la Señora que me entendió que sea reservada. Y así solo nosotros dos estaremos enterados de la verdad.Ah, y el médico por supuesto, pero este debe mantener silencio absoluto.

-No estoy segura de que sea lo mejor-susurró al mujer apretándose nerviosamente las manos.

-¿Y qué es lo mejor para ti? ¿Qué Charles muera?-gritó Román descontrolado.

-¡Claro que no!!!! ¡Es mi nieto y lo amo!!!

-Pues no es lo que parece. Mientras continuamos discutiendo, el tiempo corre inexorablemente. Como la vida de Charles.

-Tú ganas. Anota bien los datos, yo le diré al médico que eres un posible donante y que lo llamarás para fijar una cita.

-Hazlo en cuanto me vaya. O mejor, ahora mismo, necesito asegurarme de que no te olvidarás.

-¿Piensas que te mentiría?

-Claro que no-susurró Román enrojeciendo. Pero creo que no comprendes lo que tu nieto significa para mí.

-Lo entiendo perfectamente. O no estarías donando una parte de tu cuerpo para que él viva. Alcánzame el teléfono que esta sobre la mesa. Hablare en este mismo instante.

-Tus deseos son órdenes para mí -suspiró más tranquilo...

Román se levantó temprano y tras pasar por la oficina para organizar el trabajo del día se dirigió a la reunión que Daniela le había fijado con el Doctor Elbam.

-Debe regresar en ayuna, tenemos que realizarles varios exámenes de sangre, orina, ecografías, lo verá un cardiólogo, un psiquiatra…

-De acuerdo. Eso indica que pasaré largas
horas en la Institución. Avisaré a mi secretario y
regresaré para hacerme todos los estudios que
usted considere necesarios. Soy una persona
sana, y sé lo que hago.

-Excelente. Si llegara a ser compatible, tendrá
que firmar una documentación especificando
que conoces los riesgos posibles y está de
acuerdo en realizar la donación. Asimismo, se
compromete a no recibir ninguna retribución
económica por la donación.

-Y a le dije haré lo que me ordene, pero quiero
comenzar de una vez. Charles necesita con
urgencia mi hígado.

-Señor Guido, tanto su abuela como quien habla
apreciamos su gesto. Pero debe tener claro que
podría no ser el adecuado.

-Podría-repitó.Pero eso no sucederá, seré el
elegido.

-Me encanta su optimismo. Y ojalá tenga razón.
Lo espero mañana a primera hora para
comenzar e indicarle todos los pasos
siguientes.

-¿Cuándo me interno?

-Los estudios llevan alrededor de dos semanas. Si todo sale bien, marcamos fecha y le avisamos a Charles entre veinticuatro horas o cuarenta y ocho horas antes de la intervención. No deseo crear falsas expectativas en el muchacho.

-Me parece bien, pero por favor, él no debe entrarse que yo soy el donador. Estoy de acuerdo de que mi querido Charles no querría ponerme en supuesto peligro.

- Por nosotros, no lo sabrá, está totalmente prohibido revelar la identidad de los donantes. Lo que suceda entre ustedes es privado.

 -Se lo diré luego de habernos casado-afirmó Román.

-Vaya, felicidades-sonrió el médico. Lo espero mañana en ayunas.

-Aquí estaré. Dígame la hora. Y recuerde, silencio absoluto.

-No precisa recordármelo. Es mi deber, Señor Guido-rezongó el Doctor.

Una semana y media más tarde, Román recibía la llamada del Doctor Elbam.

-Hola, Román-saludó con amabilidad.

-Doctor Elbam, ¡al fin!, dígame que tiene buenas noticias.

-Felicitaciones, es compatible. Finalmente, Charles tendrá su trasplante.

-¡Lo sabía!-aplaudió el hombre. ¿Qué sigue ahora?

-Nuestro Sanatorio solicita otra pericia psicológica antes de proceder, la cual se realizará en pocas horas en vista de la urgencia que tenemos. Y ya avisaremos a Charles para que planifique su vida de acuerdo a todo lo que vendrá posteriormente.

-También debo organizar la mía, empezare en seguida de ver al loquero -bromeó entusiasta .Y por favor, recuerde que Charles no debe saber nada. Podría negarse y todo volvería para atrás.

-Eso ya quedó claro. Pero debo pensar que le responderé, con seguridad querrá saber quién fue el donador. Sabe que está muy atrás en la lista, así que imaginará que es alguien conocido.

-Dígale que es un lector de su columna. Y pidió exhaustivamente que no mencionaran su nombre.

-No acostumbro a mentir pero….es un fin loable.

-Leí en el manual el tema de la confidencialidad que tenemos los donantes. Insista en eso.

-Por supuesto, pero no es tan fácil cuando se trata de una querida paciente y amigo.

-Como dijo, es por el bien de Charles.

 Lo sé, lo sé. Ya no fastidie-rezongó el profesional.

-Bien, ya quedó todo claro indíqueme a qué hora debo estar para conversar con el psicólogo.

-Ya mismo llamaré y pediré hora, pase hoy a las catorcc por mi despacho. Corroboraremos personalmente todo lo hablado y luego tendrá su última entrevista psicológica.

 -Seré puntual.

 -Descanse, Señor Guido. Lo esperan semanas extenuantes-afirmó el médico antes de despedirse.

-No precisa que me lo diga, pero…la vida de Charles lo acredita.

Román estaba conversando con Carlos sobre su próxima ausencia, cuando la alarma de su celular comenzó a sonar.

-Hola-exclamó sin mirar la pantalla.

-Román. No tengo palabras para agradecer tu generosidad –comentó Daniela. Hablé con el Doctor Elbam y me puso al tanto de todo.

-Entonces no me agradezcas. Amo a Charles y no voy a perderlo. Ahora, estaremos más unidos que nunca.

-Es verdad. Voy a cortar, creo que ha llegado mi nieto. Y por los gritos, ya se debe haber enterado.

-Adiós- Cuida tus palabras, no se te vaya escapar y lo eches todo a perder.

-Pierde cuidado. ¡Adiós!!-exclamó la mujer.

-Debes amar mucho a ese joven para someterte a una operación por él-susurró Carlos.

-Más de lo que a alguna vez pensé que podría llegar a amar. Ahora me voy, tengo que estar en consulta en dos horas.

-Estaremos en contacto. Y cuenta con mí apoyo.

-Precisaremos donantes de sangre-comentó
Román al pasar.
-Lo imaginé, ya tienes dos: Mi esposa y yo
estamos dispuestos. Seguramente varios
compañeros de Charles se ofrecerán en cuanto
se enteren.
-Gracias, hermano-susurró Román apretándolo
entre sus brazos. ¡Nunca podré pagarte lo que
estás haciendo por mí, por nosotros!-rectificó.
-No me aprietes tanto. O me desangraré aquí
mismo-río Carlos.
 La tarde comenzaba a caer cuando Román
tomó el diario para leer la columna del hombre
que amaba.
-Seguramente debe haber escrito alguna cosa-
suspiró .Tal como pensé, aquí está –sonrió.

"Queridos amigos:

Noticia de último momento. Apareció un

donante, aunque todavía no me han confirmado

si es compatible. El Doctor afirmó que hasta

ahora todo iba bien, pero falta unas pequeñas

pruebas.

-¿Lo entienden? ¡Eso significa que si las cosas salen como pensamos viviré!
Algo más: Sé que el donador está entre ustedes, es un lector que no quiere dar su nombre. Por eso, desde ahora, y pase lo que pase:
Muchas gracias. Le debo mi vida.
Mark"
-Ya mismo contestaré-decidió Román comenzando a escribir.

"Querido Mark.
Me hace muy feliz leerte, eso demuestra que todavía hay gente buena en el mundo. Imagino que cuando te operen correrás en busca de Billy.
Ese hombre te ama con locura y debe estar sufriendo mucho. Quizá ya deberías comentarle que has conseguido un donante compatible, presiento que tocará el cielo con las manos al saberlo.
No lo hagas sufrir más, ¡díselo!
Anónimus.

-Este hombre parece estar al pendiente de mis columnas, lo raro es que ya dio por sentado que es compatible. Quizá sea él quien donó parte de su hígado y Elbam le avisó antes que a mí- reflexionó Charles siguiendo con la lectura.

-Querido, tengo importantes noticias-gritó Daniela en ese preciso momento. Llamaron del Sanatorio para avisar que tienes que estar mañana a las seis. La intervención será a última hora de la tarde.

-Gracias, Dios Mío.-sollozó el joven abrazándose a su abuela. ¡Y al maravilloso benefactor que salvará mi vida!

-Una persona muy generosa, sin duda-sonrió a la mujer mirando hacia el brillante cielo.

-Sabes abuela, sospecho quien puede ser- susurró el joven misteriosamente...

-¿Si?-tartamudeó la mujer. Dijo el Doctor que podía ser uno de tus seguidores. Pero no podía decirlo.

-Así es, creo que es uno que se hace llamar Anonimus.

-¿Por qué lo dices?

-Tengo una corazonada...además, parecía tener claro que mi donador era compatible.

-Es lógico, o no podría ayudarte. No veo nada de raro en su suposición.

-El tema es que lo sabía antes que yo.

-Seguramente son cosa tuyo. Continuemos organizando el bolso. Estarás varios días internado.

-Eso comentó el Doctor Y tengo muchas cosas en que pensar ahora que tengo un futuro para cumplir mis sueños.

-Exacto. Me alegra escucharte tan animado.

-¿Crees que Charles me sigue amando?-preguntó sorpresivamente.

-Oh, sí. Estoy bien segura de eso.

-¿Cómo puedes afirmarlo tan contundentemente?

-Alguna vez fui joven y estuve enamorada ¿recuerdas?-titubeó tirándole de una oreja. Y ahora vamos a terminar de armar todo. Debes descansar, se acercan horas fundamentales para esta familia.

-Tienes razón-asintió Charles sonriendo abiertamente.

¿Cuál es tu nombre mi amor?
pues el mío ya lo sé,
de la mañana soy sol,
luna del anochecer,

Capítulo X

-¿Entonces ninguno de los dos me va decir a
quién pertenece el hígado que salvará mi vida?-
insistió Charles mientras esperaba que lo
vinieron a buscar para la cirugía.
-No-afirmó el Doctor Elbam.Es confidencial, y
solo la misma persona puede decírtelo si lo cree
conveniente.
-Está bien, parece que tendré que resignarme.
Pero me hubiera gustado darle las gracias.
-Se verá—sonrió el Doctor sin hacer más
comentarios .Y ahora trata de descansar en
unos quince minutos vendrán por ti. Cuando
vuelvas a despertar, tendrás una nueva vida.

-Todavía no puedo creerlo-murmuró Charles en medio de un bostezo.

-Los dejo que conversen a solas-asintió dirigiéndose a Daniela. Iré a ajustar detalles con el cirujano.

-¿Estarás cuidando de mí, verdad, Doc?

-Por supuesto. Una vez entres al quirófano, estaré a tu lado. Entraremos juntos y saldremos de la misma forma-asintió Elbam guiñando un ojo. Sabes que eres mi paciente favorito-susurró con un hilo de voz.

-Eso le debe decir a todos-bromeó Charles.

-Solo a los que me caen bien-asintió siguiendo la broma.

-Bien, ya escuchaste al Doctoren poco rato serás un hombre nuevo.

 -Lo sé-musitó el pensativo joven.

 -¿Qué te sucede querido?

  -Quiero que me prometas una cosa.

  -Por supuesto-asintió Daniela.

 -Si no llego a…sobrevivir le dirás a Charles cuanto lo amé, y que todo lo que hice fue para evitarle justamente el dolor de mi pérdida.

-No digas tonteras-refunfuñó la mujer. Se lo dirás tú mismo.

-Por favor, abuela. Lo prometiste.

-Está bien –sollozó la mujer. Pero no sé porque te empeñas en amargarme

 -No lo hago, querida. Debo prever todas las posibilidades. Hasta me despedí de mis lectores-sonrió recordando la breve nota escrita en su columna hacia pocas horas:

"Queridos amigos:

En pocas horas seré llevado a quirófano. Como saben, un alma buena se compadeció y cedió parte de su hígado para que yo tenga la posibilidad de vivir. Espero que salga todo bien, especialmente para esa persona tan generosa. No soportaría vivir si algo le ocurre.

Y como prometí, si todo sale bien, iré buscar a Billy y le diré que lo amo con todo mí ser.

¡Espero que me siga amando tanto como yo a él!

A ustedes, amigos, gracias por acompañarme facilitando enormemente mi tortuoso camino.

¡No lo hubiera logrado solo!

Hasta dentro de un rato, si Dios quiere.
Abrazos para todos".

"Hola, Mark.
Saldrás bien, estoy seguro. Y también tu
benefactor.
Eres un triunfador, un ejemplo a seguir y espero
conocerte cuando todo esto finalice.
Arribaaaaaaa!!!! Ah, y por supuesto que Billy te
ama, nunca lo dudes.
Tu fans número uno: Mario

Charles sintió que un profundo sopor
comenzaba a invadirlo, y cerró los ojos,
escuchando como en una nebulosa el sonido de
la voz de su abuela diciéndole que lo amaba.
-Yo también –alcanzó a responder. Román-
susurró antes de percibir que esa misteriosa
neblina lo cubría totalmente.
El joven abrió los ojos, y contempló los extraños
aparatos que lo rodeaban. Sintió un extraño
dolor por todo el cuerpo, y recordó en donde se
encontraba.

Suspiró al distinguir a su abuela de espaldas a la cama mirando la calle y trató de silabear su nombre.

-Me duele la garganta-pensó sintiendo una extraña molestia en el abdomen. Pero creo que estoy vivo. Abuela-logró decir tras varias veces de intentarlo.

-Querido mío-exclamó la mujer ¡Al fin despierto! Ya me estabas preocupando.

-Parece que sobreviví –susurró.

-Nunca lo dudamos, fue una operación larga, pero todo resultó como esperábamos. Ahora deberás reponerte.

-¿Qué pasó con mi benefactor?-preguntó entrecerrando los ojos.

-Se está recuperando. También salió perfectamente.

-Menos mal-agregó. Ahora a continuar con mi vida. Tengo muchas cosas que hacer en próximas semana, pero la primera será agradecer al donante.

-Ya te dijimos que no desea que lo conozcas-insistió su abuela.

-No importa. Escribiré por el Diario. Y lo leerá.

-Buena idea. Ahora llamaré al Doctor, me pidió que lo buscara en cuanto despertaras.

-Entonces deberás esperar. Deseo dormir un rato más-susurró cerrando nuevamente los ojos. Román se enteró de que su amante estaba consciente y comenzó a vestirse con rapidez.

-¿A dónde cree que va?-rezongó una enfemera.Debe quedarse en el Hospital el resto de la semana. Tiene un poco de anemia que debe mejorar antes de irse.

-Al único lugar que iré es a ver a Charles, acabo de enterarme que hace unas horas abrió los ojos. Y en vez de rezongar, podría ayudaren a vestir. No querrá que por su culpa sc me abran las costuras y las tripas rueden por toda la sala.

-Vuelva a la cama, debo preguntar al Doctor si usted puede caminar y si el enfermo puede recibir visitas.

-Por supuesto que puede-se quejó Román mordiéndose los labios por el dolor.

 -Deberá esperar a que yo regrese .Y en todo caso lo llevaré en silla de ruedas.

-Claro que no iré en ese aparato. Charles debe pensar que vine de visita. ¡Salga del camino, sino ayuda, no perturbe!

-Regrese a la cama –ordenó la furiosa enfermera.

-¿Que está sucediendo?-entró Carlos en ese momento atraído por los gritos.

-Querido amigo, llegas como anillo al dedo. Acompáñame a ver a Charles.

 -Pero no puedes ir en esas condiciones, tiene ojeras y estás un poco pálido.

-Del sufrimiento de intentar vestirme solo. Esta mujer no ha querido ayudarme.

-Será mero que vaya a buscar al Doctor o a los guardias de seguridad. Por favor, cuídelo, no le siga su locura-afirmó la enfermera saliendo de prisa.

-Ayúdame ahora que se fue-rugió el hombre.

-Esperemos un minuto a que venga el Doctor, y luego te llevaré en silla de ruedas hasta la sala. Una vez allí, caminarás hasta la cama de tu enamorado, ¿Qué dices?

-Buena idea. Pero dejemos al Doctor para más tarde.

-No irá ninguna parte hasta que lo autorice el cirujano-afirmó Elbam entrando en ese momento. Debemos asegurarnos de que el enfermo puede recibirlo. Acaba de recibir un órgano extraño, y estuvo varias horas en Terapia Intensiva. No querrá contaminarlo.

-Claro que no. Pero le aviso que está cometiendo un error-susurró Román cruzando los brazos mientras se acomodaba en la cama para ponerse una camisa.

-No comprendo-asintió Elbam.

-El órgano que tiene es mío, o sea que no es "extraño" Y debo cuidar de él.

-Es usted muy caprichoso-susurró el médico sin mirar a Carlos que se tapaba la boca con la palma de la mano para no sonreír.

-Y usted también-rugió Román.

-Iré a ver si está el cirujano. Le faltaba poco para terminar una operación-comunicó el Doctor sin hacer más comentarios. No puede salir de la habitación hasta que regrese, o será trasladado a otro Hospital, ¿comprendió?

-Si, Doctor-respondió Román fingiendo aceptar la orden.

-Ahora vuelva a acostarse adecuadamente. No demoro-afirmó retirándose.

-Ayúdame, Carlos. El tiempo apremia-reiteró Charles en cuanto quedaron solos.

-Román, creo que deberías esperar.

-¿De quién eres amigo?-rezongó el hombre.

-Está bien .Debo estar loco pero te daré una mano -sonrió Carlos.

-Y averigua en que habitación está Charles. Así no sospecharán.

-Ya regreso-susurró este rodando los ojos.

-¡Al fin volviste! Pensé que te habías marchado. ¿Averiguaste?

-Así fue, pero debe tener paciencia .Aquí eres un enfermo más. Señor Guido. El mundo no gira tus pies.

-Nunca lo pensé, vamos de un vez-rezongó
saltando hacia la silla.

-Déjame ayudarte, pedazo de un loco-gruñó
Carlos asomando la cabeza para asegurarse
que el pasillo estuviera vacío.

-¿Qué habitación dijiste?-insistió Román.

 -Ninguna todavía. Está en las seis.

-Arranca este coche entonces-ordenó intentado
girar las ruedas.

-Sí, Señor. Ya voy.

 -Es aquí-señaló Román una habitación
haciendo un esfuerzo por pararse de la silla.

-Te ayudo hasta la puerta-comentó Carlos
tomándolo de un brazo.

-No.Esto debo hacerlo solo. Vendré en seguida.

-Pero estás muy dolorido, te caerás en el
camino.

-Son unos pocos pasos, espérame por aquí. Y
gracias, querido amigo. ¿O debería llamarte
hermano?

-Mejor apúrate, los médicos deben estar en
nuestra búsqueda -acotó sentándose en la silla
de ruedas.

Charles estaba leyendo la respuestas de su columnas cuando sintió que alguien tosía desde la puerta.

-¿Román?-susurró sin poder ceerlo.No entiendo, ¿Qué haces aquí?

 -Me enteré de tu operación y vine lo antes que pude. Debiste decírmelo.

-Lo lamento, fue todo muy sorpresivo. ¿Porque caminas tomándote de la paredes?-comentó frunciendo el ceño.

-Me caí en la escalera y me duele la pierna.

-¿Te caíste? Abuela, llama a un médico-rogó a la mujer que acababa de entrar.

-Oh, no. Estaré bien. Un golpe sumado a mi artritis no es buena combinación .Ya no soy tan joven, Charles. Hola, Daniela-comentó al pasar.

-H-hola-tartamudeó la mujer. Olvidé algo en el baño. Ya regreso.

-Te veo extraño, Román. Más bien todos están raro-susurró Charles.

-Tonterías, son los restos de anestesia. Ahora dime, ¿no te hace feliz verme?

-Por supuesto, si todo salía bien iría a buscarte, siempre y cuando todavía me quisieras. Quizá ya hay alguien en tu vida-musitó recordando nuevamente al hombre que había visto en la ventana de su amado.

-¿Responde esto a tu pregunta?-susurró Román inclinándose para besarle cálidamente los labios.

-Creo que sí. Y gracias, Román.

¿Por?-preguntó el hombre conteniendo el dolor.

-Por estar, amarme, por….ser tú.

-Eres encantador. Ahora debo dejarte. Me permitieron entrar solo unos minutos-agregó sintiendo un terrible dolor en la cintura. Carlos debe estar enloqueciendo allí afuera.

¿Carlos?-titubeó Charles frunciendo el ceño.

-Mi secretario, mi hermano. Ha pasado mucho tiempo a mi lado intentando consolar mi depresión por la falta de tu amor. Hablaste con él cuando nos conocimos por primera vez.

-Román-susurró el aludido en ese instante asomando la cabeza en la habitación. Por favor.

-*"Es el hombre que vi en el balcón"*-susurró Charles entrecerrando los ojos. *¡Ahora me doy cuenta!*

-Adiós, querido-sonrió Román dándole otro rápido beso. Me encantó verte celoso.

-Yo… regresa pronto.-aceptó sin negarlo. Y algo más...

-Dime, querido...

-Trata de averiguar quién fue el donante .Me encantaría agradecérselo personalmente.

-Lo intentaré. Hasta luego-sonrió cayendo sobre la silla apenas salió de la habitación.

-¡ROMÁN!- exclamó Carlos enojado. Mira cómo estás.

-Ahora me acostaré y tomaré un calmante. Sin duda, hice demasiado esfuerzo.

-Román-exclamó Daniela acercándose .Hace unas horas fui a agradecerte y ver como estabas pero te encontré dormido. Iré a corroborar a Charles y sigo para tu habitación.

-No te preocupes, con seguridad dormiré un rato más. Este esfuerzo me agotó-susurró el hombre apoyando su cabeza sobre la silla.

-Gracias, querido. Entonces esperaré una horas-
susurró dirigiéndose al cuarto de Charles
.¿Cómo sigue mi nieto preferido?
-¿Román fue el donador, verdad?
 -No sé a qué te refieres.
 -Claro que sí, no soy tan a estúpido de creer
esa historia de que se cayó por la escalera.
Además tenía una manchita de sangre en los
pantalones, que por cierto estaban muy
arrugados. Extraño en un hombre tan elegante.
Y por si fuera poco tenía, una marca en la
muñeca, como si hubiera utilizado una cinta.
Como esta –sonrió mostrando su muñeca. Es la
que nos ponen los pacientes que van a
trasplantar.
-Es verdad, Román fue tu benefactor. Pero se
negó a que te lo dijéramos, sabe que te
negarías si te enterabas.
-Lo ocultaron muy bien.
-Elbam no podía decírtelo, ningún profesional
puede hablar sobre el tema. Perdería su título
por faltar a la ética médica.

-Mi Román, tan porfiado-susurró Charles secándose las lágrimas .Abuela, alcánzame la compu. Tengo algo que hacer ya mismo.

-Pero no sé si es bueno que hagas fuerza.

-Por favor, o voy a buscarla en este instante-ordenó.

-Dios los cría y ellos se juntan-refunfuñó la mujer tomando la notebook.

-Gracias, ahora retírate.tengoalgo que hacer.

-Vaya, pero cuanta amabilidad. Será mejor que vaya a realizar una visita a Román, seguro se pondrá más contento que tú por verme.

"Estimados lectores:

Todo salió estupendamente, mejor de lo que pensaba. Tanto para mí como para el donante. Como les conté, el médico no podía decirme quien era, pero de cualquier forma lo averigüé. Tomen asiento, por qué caerán de despaldas cuando les diga el nombre. Piensen un segundo…Si, es BILLY. Estuvo a verme y aunque no me lo dijo directamente lo descubrí.

Se enteró sobre mi espantosa situación y sin pensar lo que podría sucederle, donó parte de su hígado para que yo viviera.

-¿Acaso hay algún gesto de amor más significativo que este? ¿Ponerse en peligro por el ser amado?

BILLY: Estoy seguro que me estás leyendo, así que, ¿Querrías hacerme el honor de casarte conmigo? No hace tanto que estamos juntos, pero hemos dado prueba suficiente de la fuerza de nuestro amor, espacialmente tú. Te amo, y no concibo la vida sin ti. Espero tu respuesta.

-"Dios mío, BILLY. ¡Di que sí! O moriré de angustia y ansiedad -respondió Mario casi inmediatamente.

-Abuela, llévame a la habitación de Román. ¡Quiero estar a su lado cuando lea mi nota!-casi gritó al ver entrar a Daniela.

-Recién pasé y estaba dormitando. Por otro lado, no debe saber que ya escribiste tu nota.

-Todos se confabulan en mi contra –rezongó tratando levantarse. ¡Llegaré a como dé lugar!

-No será necesario, estoy aquí-sonrió Román conduciendo su silla de ruedas. Leí tu columna, y ya te respondi.Fíjate.

-¡Qué par de locos!-exclamó Daniela levantando los brazos al cielo.

-Es el amor, querida amiga. Nos da fuerza para seguir.

-Bendito sea que el salvó la vida a mi nieto. Bendito Román que apareciste en el momento adecuado.

-¡Y cuanto tuve que insistir!-gimió al mismo tiempo que sonreía al ver el brillo que iba apareciendo en los ojos de su prometido a medida que iba leyendo .

"Amado mío:
Creo que ya sabes mi respuesta antes de que la escriba.

¡SÍ!!!!!!!!!

Seré tu esposo en cuanto salgamos de aquí.
Juntos, como debe ser.

Por otro lado, tienes una parte mía en tu cuerpo,

así que estaremos unidos por el resto de

nuestra vida.

Te amo, hoy, mañana y siempre.

Tu Billy (¿o debería decir Román?)

-Bésame, Román -sollozó Charles al finalizar la

lectura.

-Tu deseo es una orden para mí -señaló este

mientras las enfermeras entraban al habitación y

comenzaban a aplaudir.

Y en nuestra cama tu Dios,
ese que ya no se fue,
adormecido el reloj,
en tu cuerpo, me quedé,

abandonando el adiós,
por un rincón del ayer.

<u>Por siempre, tú</u>

-¿Qué está sucediendo aquí?-se asomó el
cirujano enojado. Pero…mis pacientes, esto es
una locura! Deben cuidarse, no dije que podían
andar de un lado al otro. ¡Esto no es un
shopping!

-Doctor, por favor. Ellos están bien y se repondrán. El amor les dará la energía suficiente para enfrentar lo que les depare el destino. Porque demostraron quererse de verdad, y para quienes comparten un sentimiento tan grandioso, no hay límites ni aquí ni en ninguna parte del Universo -sonrió Daniela apagando el teléfono de su nieto, al ver el número de Alberto en la pantalla. Más tarde, Alberto, más tarde. Ahora, habrá tiempo para todo- sonrió contemplando a la dichosa pareja que no se decidía a separarse.

-Tenemos muchos inviernos por delante- comentó Román con suavidad en el oído de su prometido.

-Así es, cuando pensé que quizá no lograría ver el final, tú conseguiste el milagro-respondió acariciando la mejilla de su amado con la palma de su mano.

 -Ambos lo hicimos, querido, ambos-sonrió Román hundiendo su rostro en el suave cabello de Charles.

-Misión cumplida, querida hija-sonrió Daniela
besando la foto de Magda que siempre llevaba
en su cartera. Tú hijo y tu mejor amigo unidos
para siempre. En el sito en que te encuentres,
sé que estarás aplaudiendo-suspiró guardando
nuevamente la imagen para unirse a la pareja
que la estaba llamando.
No sería fácil pero…estaba segura de que lo
lograrían. De pronto, el invierno ya no le pareció
tan inhóspito.

FIN